»Still schwebten die Libellen
in heißer Mittagsluft von Düften satt.«

(Vorschau auf *S. 52)*

Tausendjähriger Bambus

Hinweis für Kennerinnen und Liebhaber
des erzählerischen Hauptwerks von Fritz Mühlenweg

»Wir weinen ja nicht«, knurrte Glück und fuhr sich über die Augen. Dann waren sie still. Über den Rasenplatz wehte der Nachtwind, die Gräser blinkten im Mondlicht, und Glück bat leise: »Sagt mir noch einmal das Gedicht vom Prinzen Tschao, damit ich es lerne und eine Erinnerung an euch habe.«
Da sagte Großer-Tiger das Gedicht, und nachher sagte es Christian auch.
»Jetzt kann ich es«, sagte Glück, »und ich danke euch. Ihr habt mir viel Freude bereitet, aber diese ist die größte und sie wird dauern.«

In geheimer Mission durch die Wüste Gobi, S. 753. Die Freude kann von nun an mit Glück geteilt werden: Das Gedicht vom Traum des Prinzen unterm Pflaumenbaum steht auf *S. 11.*

Rezeptionsvorschlag für Unbefangene
bzw. erste literaturgeschichtliche Koordinaten

»daß hier deutsche Gedichte entstanden sind, die zu dem Schönsten gehören, das unsere Sprache besitzt, wird schon ein Beispiel zeigen . . . Und immer wieder hat der Übersetzer das Wunder vollbracht, daß in leichten und doch nie aufdringlichen Reimen in einer selbstverständlichen und doch erfüllten Sprache vollendete deutsche Gedichte entstanden sind.«
Bruno Snell, DIE ZEIT

PS: Bruno Snell zitierte als Beispiel die Liebesklage *Heimlicher Brief*, siehe unten *S. 9*.

PPS: Weitere Lesarten werden auf *S. 65ff.* für möglich gehalten.

Fritz Mühlenweg
Tausendjähriger Bambus

Nachdichtungen aus dem Schi-King

Mit einem Nachwort

über Fritz Mühlenweg
auf den Pfaden der Nachdenklichkeit:
von den ältesten chinesischen Gedichten
über die Mongolei
und das Meersburger Ufer
zur Bücherlandschaft der Adenauerzeit

von Ekkehard Faude

Libelle

Heimlicher Brief

Liebwerter Chung! Ich habe eine Bitte.
Ich weiß, du steigst gern auf die Silberweide
am Bach, und achtest auf die zagen Schritte
der Dörfler, Hirten und der alten Leute,
die spät zu Bett gehn.
Chung, du sollst das nicht.
Du hast die jungen Triebe abgebrochen.
Mein Vater hat am andern Tag davon gesprochen,
und Zorn verdunkelte sein freundliches Gesicht.
In kalter Nacht die Aprikosenblüte
der Reif zerstört.
Vor rauhem Wort mein Herz behüte,
das dir gehört.

Mein teurer Chung! Ich muß dir noch was sagen.
Von meinem Sandelbaum, wo in den Zweigen
zur Dämmerung die Nachtigallen schlagen,
und tausend Grillen ihre Lieder geigen,
war jüngst ein Blatt welk.
Chung, du sollst das nicht.
Du hast es in der Eile abgebrochen.
Das ganze Dorf hat schon davon gesprochen,
und Klatsch zerrt auch die Edlen vor Gericht.
In kalter Nacht die Aprikosenblüte
der Reif zerstört.
Vor rauhem Wort mein Herz behüte,
das dir gehört.

Geliebter Chung! Ich muß dir Schmerz bereiten.
Ich weiß, du steigst heut abend auf die Mauer
und läßt am Maulbeerbaum dich abwärts gleiten.

Doch meine Brüder liegen auf der Lauer
um dich zu fangen.
Chung, komm lieber nicht.
Du würdest sicher ins Verderben rennen,
du müßtest unsre Heimlichkeit bekennen,
und wir verlören beide das Gesicht.
In kalter Nacht die Aprikosenblüte
der Reif zerstört.
Vor rauhem Wort mein Herz behüte,
das dir gehört.

Des Volkes Ehrfurcht

Fälle nicht den Pflaumenbaum.
Sieh, wie seine Zweige spenden
tiefen Schatten, den zu schänden
ruchlos wäre. Tief im Traum
schlief hier einst Fürst Schao.

Schone diesen Pflaumenbaum.
Jeder Zweig und selbst die leeren
Äste, die den Schatten mehren,
sind uns heilig, seit im Traum
ruhte hier Fürst Schao.

Rühr nicht an den Pflaumenbaum,
dem die Alten hilfreich waren.
Um ihn schwebt nach tausend Jahren
wie ein Hauch der Sommertraum,
den hier schlief Fürst Schao.

Der Schüchterne

Wie bist du schön! Ich bitte dich, sei gut zu mir.
Ich bin so hilflos, weiß so wenig Worte.
Ach, spränge die verschlossne Gartenpforte
von selber auf. Ich wäre schnell bei dir.

Du schenktest eine Flöte mir. Sie ist
die schönste Flöte, die ich je besessen.
Kannst du verzeihn? Ich hab das Spiel vergessen,
seit du die Herrin meines Herzens bist.

Du suchtest in des Waldes Dämmerlicht
das zarte Liebesgras. Du legt'st in meine Hände
den seltnen Halm als schwerelose Spende,
doch, Herrin, ich sah nur dein Angesicht.

Merk auf

Ich lehre dich das Pflaumenspiel.
Noch siebzig hängen an den Zweigen.
Du sprichst von Liebe. Ach, du sprichst zuviel.
Es wäre besser, tätig dich zu zeigen.

Nur dreißig Pflaumen hängen noch.
Ich pflücke alle bis auf eine.
Du sprichst zuviel von Liebe. Kämst du doch
und legtest deine Wange an die meine.

Der Ast ist leer. Mein Korb ist voll.
Ich kann das Spiel nicht länger treiben.
Ach, wüßtest du, was jeder wissen soll:
Daß Mädchen nicht gern lange standhaft bleiben.

Sehnsucht

Morgen ist es. Horch! die Grille zirpt im Bauer.
Über Blumenwiesen tönt ihr Liebeslied.
Eine kahle Stube und ein Herz voll Trauer
blieb mir, seit der Liebste von mir schied.
Ihn zu grüßen,
ihm zu Füßen,
ach, wie lange werd' ich warten müssen.

Mittag ist es. Sieh, des Farnkrauts zarter Flügel
sinkt ermattet. Staub und Steine glühn.
Ach! Vergebens späh ich von dem Hügel.
Welche Straße wird mein Liebster ziehn?
Ihn zu grüßen,
ihm zu Füßen,
wollt ich Farnkraut, Staub und Steine küssen.

Abend ist es. Hügelan mit der Laterne
steig ich. Roter Mond am Himmel schwebt.
Meinen Liebsten such ich in der Ferne
durch den Tränenschleier, den die Sehnsucht webt.
Ihn zu grüßen,
ihm zu Füßen,
möcht ich gerne meinen Kleinmut büßen.

Die Spröde

Auf der Straße, wo die Leute gehen,
halt ich sittsam nur das lange Ende
deines Ärmels in der Hand.
Doch du stößt mich fort. Die Leute sehen
stumm sich um. Oh, meine Freundin, wende
dich mir zu. Die Freundschaft hat Bestand.

Abseits in den unbelebten Gassen
schiebe ich den Ärmel weg und finde,
und ich fasse deine Hand.
Doch ich weiß, du willst sie mir nicht lassen.
Stoße mich nicht fort. Nein, Liebste, binde
mich an dich. Die Liebe hat Bestand.

Hundert rotlackierte Wagen

Das Rabennest umflattert scheu die Taube.
Sie setzt sich, gurrt, ein Federchen fällt aus der Haube.
Eine junge Braut hüllt sich in seidne Schleier.
Hundert rotlackierte Wagen schickt der Freier.

Wo sich die Tauben eingenistet haben,
gehört das Rabennest nicht mehr dem Raben.
Eine junge Braut löst zögernd ihren Schleier.
Hundert Wagen mit Geschenken schickt der Freier.

Das Rabennest umflattert scheu der Rabe.
Die Taube gurrt, sie freut sich ihrer Habe.
Eine junge Braut erwacht am Hochzeitsmorgen.
Hundert Wagen Fuhrlohn muß der Freier borgen.

Die ehrenwerten Nebenfrauen fügen sich in ihr Los

Vorbei die Nacht. Der Tag hebt an. Die Sterne schwinden.
Noch sind es fünf, noch drei, auch sie erblinden.
Vorbei die Nacht. Wir huschen aus der Halle
und kehren mit der Dunkelheit zurück.
Im einsamen Gelaß den Tag verbringen
wir alle,
und hoffen auf ein ungewisses Glück.

Der Tag hebt an. Orion fällt. Die Sterne bleichen.
Von unsern Wangen wir die Schminke streichen.
Der Tag hebt an. Wir tragen aus der Halle
das weiße Leintuch und das schwere Los.
Im einsamen Gelaß zur Laute singen
wir alle,
und unsre Traurigkeit ist manchmal groß.

Auf dem Weg in die Berge

Mein Korb ist leer. Groß ist mein Sehnen.
Im lichten Wald die Sommersonne scheint.
Kurz ist das Glück der Stunde, zahllos sind die Tränen,
die man am Wegrand nach dem Gatten weint.

Die Rosse stehn mit schweißbedeckten Flanken
auf halbem Weg zur felsigen Bastei.
Es gibt kein Labsal, wenn die Herzen schwanken
von falscher Hoffnung zum Verzweiflungsschrei.

Vom Gipfel stürzen tobend Staublawinen.
Die braunen Rosse werden grau und fahl.
Die Knechte starren mit bestürzten Mienen
in meine unverstandne tiefe Qual.

Zum Gipfel sind es noch drei bange Stunden.
Die Knechte sinken kraftlos in die Knie.
Der Pferde Blut strömt aus den Geißelwunden.
Wann seh ich meinen Herrn? Ich weiß es. Nie!

Der verbannte General

Der Kaiser hieß mich durch das kalte Nordtor ziehen.
Das Herz ist voller Weh, des Thrones Gnade fern.
Von meinen Freunden hab ich keinen Käsch geliehen;
sie grüßen mich wie einen unbekannten Herrn.
Ich blicke einsam in des Herbstmonds Licht.
Die Götter auf den dunklen Wolkenbergen
betrachten nur die Toten in den Särgen.
Der Lebenden Geschick berührt sie nicht.

Der Kaiser sitzt auf dem nephritnen Throne.
Er scheucht die Sorgen fort; sie kommen dann zu mir.
Kehr ich ermattet heim, wird mir zum Lohne
der Nachbarn Vorwurf: Sag, was willst Du hier?
Ich bin sehr einsam. Draußen fällt der Schnee.
Die Götter mit den leeren Augensternen
bespiegeln sich im Wasser der Zisternen.
Was kümmert sie mein grenzenloses Weh?

Der Feind pocht an des Reiches Tor im Norden.
Wer zwingt ihn, der noch keine Schlacht verlor?
Zerschlag ich seine wilden Reiterhorden
und kehre heim, verriegelt ist mein Tor.
Ich bin sehr einsam. Wieder sprießt das Gras.
Die Götter sind entfernt von meinen Blicken.
Für mich braucht sich der Frühling nicht zu schmücken.
Grau rinnt der Alltag in mein Stundenglas.

Die Soldaten an der Nordwestgrenze murren

Die Pferde lahmen längst, doch wir marschieren.
Das Gras ist gelb. Der erste Rauhreif fiel.
Dort, wo die Straßen sich im Sand verlieren,
geht unser Zug, und keiner kennt das Ziel.

Im leeren Astwerk flimmern kalte Sterne.
Der Jüngste fragt: Wo mag die Heimat sein?
Dann folgt er stumm der schwankenden Laterne.
Der Hauptmann sagt, wir sollen fühllos sein

wie Tiger, die auf leichte Beute warten,
den Wunsch nach einem fremden Tod im Blick.
Daheim schreibt man jetzt rote Neujahrskarten
für Reichtum, langes Leben und für Glück.

Die langgeschwänzten roten Füchse laufen
durchs lange Gras und betten sich zur Ruh.
In schlechten ungedeckten Karren saufen
wir schlechten Schnaps. Die Augen fallen zu.

Im Tal geht der unerwünschte Liebhaber

Von dem Hügel, wo der Maulbeerbaum gedeiht,
blick ich in das Tal der Lotosblüten.
Den ich anschaun möchte, der ist weit.
Einen Schlingel seh ich Schafe hüten.

Auf den Bergen wiegt die Kiefer sich im Wind.
In den Tälern blühen Orchideen.
Wo im Sand noch deine Spuren sind,
seh ich einen blöden Schafhirt gehen.

Lob des gerechten Richters

Die Räder deines Wagens sind mit Staub bedeckt.
Des Staatsgewandes Seide knistert leise
und funkelt wie das Riedgras, das sein Zünglein streckt,
behutsam aus dem Uferdamm der langen Reise.
Dein denk ich immer; rufen möcht ich: Du
hast unser Land befreit von Fron und Schergen.
Doch deine Strenge läßt kein Jubeln zu,
und graue Asche muß die Glut verbergen.

Die Räder deines Wagens mahlen durch den Sand.
Die Körner steigen in das Licht und fallen.
Im Faltenwurf des Purpurmantels ruht die Hand,
die blaß ist, überhaucht vom Schimmer der Korallen.
Dein denk ich immer. Manchmal kommt ein Traum
und heißt mich zärtlich in den Arm dich schmiegen.
Vermessen ist die Woge; doch den Schaum
des Meeres laß zu deinen Füßen liegen.

Zwei Bohlen schieben deine Wächter vor das Tor
und künden mit der Trommel jede Stunde.
Bei mir schleicht ungehindert durch das Bambusrohr
der Mond. Auf meinem Dache bellen wilde Hunde.
Der Eine, der nicht Hund noch Wächter scheut,
wird uns vereinen. Höre, was ich schwöre:
Ich bin zum Sterben allezeit bereit,
wenn nur das Trennende an Kraft verlöre.

Die Schwalben fliegen der Heimat zu

Als über uns der Schwalben Flug noch einmal kreiste,
– nicht eine schwebte, ich hab's gut gesehn, –
ritt ich als ihr Begleiter vor dem Zug. Sie reiste
der Heimat zu. Ich durfte mit ihr gehn
bis vor das Tor. Die Pferde senkten ihre Mähnen
und standen still; das Tor fiel zu. Am Rand
der Straße fielen meine Tränen
wie Regen in den Sand.

Wie man Geschosse schleudert und wie Schwalben fliegen,
– bald hoch, bald tief, sie wissen um ihr Ziel –
so eilte sie den Heimatbergen zu, die stiegen
von fern herauf. Da wußte ich, jetzt fiel
mein Los. Sie sprach es leise aus: »Du mußt jetzt gehen.«
Doch erst, als ich auf öden Hügeln ritt,
begriff ich ›Nicht mehr wieder sehen‹
und wußte, daß ich litt.

Im Häuserschatten

Im Häuserschatten habe ich dich angerührt,
so zart, wie man nur nach Mimosen greift.
Vergib! Hat meine Demut deinen Mund verführt,
weil er die blasse Wange wieder streift?

Ich bitte dich so sehr: Entzieh mir nicht die Hand
und wende deinen Blick vom Sonnenlicht
ins Dunkel meiner Liebe, die am Straßenrand
die müden Finger um die deinen flicht.

Sie ist der Reichtum des Hauses

Die gute Frau sagt: »Hörst du nicht den Schrei?
Das ist der Hahn, er fängt schon an zu krähen.«
Der Mann knurrt: »Mitternacht ist kaum vorbei.«
Sie sagt: »Du solltest durch das Loch im Fenster spähen.
Der Morgenstern steht hoch und spiegelt sich im Fluß,
wo Enten schwimmen. Gänse ziehn in Scharen;
ich weiß kein Jahr, daß es so viele waren.
Wer Pfeil und Bogen liegen läßt, kommt nie zum Schuß.
Ach, daß ich einen faulen Tropf zum Manne haben muß.«

»Laß fliegen,« knurrt der Mann. Da sagt die gute Frau:
»Du tust mir leid. Ins Unvermeidliche sich schicken,
das heißt, den Alten Weisen gleichzutun. Ja, schau
du nur. Du wirst in einen leeren Kochtopf blicken.
Steh auf, sonst bleibt der Kessel leer. Zum Schluß
wird, was geheim war, alle Welt erfahren:
Ich nehme zu an Wert, du nur an Jahren.
O Himmel, daß ich dir das wiederholen muß:
Wer Pfeil und Bogen liegen läßt, kommt nie zum Schuß.

Ich will ja gerne tun, was dir beliebt.
Selbst deine Freunde seien mir willkommen.
Den Mädchen geb ich Perlen; wenn es Spielzeug gibt, dann
sollen es die Knaben als Geschenk bekommen.
Ich hab an bunten Bändern keinen Überfluß;
doch sollen mich die Mütter geizig nennen?
Ich schenk das letzte her, dann werden sie erkennen,
daß unter unserm Dach die Liebe wohnen muß.
Steh endlich auf, du Tropf, sonst mach ich dir Verdruß.«

Hsia Nan

Fuhrmann! Treib die Pferde an, sie schleichen.
Herr, sie galoppieren. Bald sind wir in Tschu.
Fuhrmann! Tritt die Pferde in die Weichen.
Herr, wozu?

Schwing die Peitsche! Schweig, verfluchter Treiber!
Tschu liegt schon im Dunkel. Dort das Licht
führt zum schönsten aller Weiber.
Siehst du's nicht?

Mögen sie am Hof des Kaisers munkeln.
Mögen die Eunuchen platzen vor Begier.
Keiner weiß es. Tschu liegt schon im Dunkeln.
Ich bin hier.

Beuge meine Knie vor der marmorbleichen
Hsia Nan. Ihr lächelndes Gesicht
gibt der Zofe das vertraute Zeichen:
Lösch das Licht!

Die Welt ist still

Die Welt ist still. Im Osten schwebt der Schein
des Mondes über ferne Felsenklippen.
Sie tritt in meine Kammer ein.
Ich sehnte mich, ich habe Einsamkeit gelitten.
Zum Wandschirm gehn wir mit vereinten Schritten.

Die Welt ist still. Im Osten huscht der Schein
des Frühlichts über graue Felsenklippen.
Wann wirst du wieder bei mir sein?
Wir treten vor den Wandschirm mit vereinten Schritten.
Sie blickt mich an. Du brauchst mich nicht zu bitten.

Vergebliches Warten

Durch unsre öde Gasse klang ein Schritt.
Mein Freier trat ins Haus. Er sprach: Komm mit.
Ach, ich blieb stumm. Ich lächelte. Ich litt.

Durchs Gitterwerk des Fensters sah ich ihn,
warum ließ ich ihn ohne Antwort ziehn?
Nun kam der Herbst. Die blassen Astern blühn.

Ich warte sehr. Wie lässig schleicht die Zeit!
Umsonst steh ich im roten Hochzeitskleid,
verborgen unter fallenden Gewändern.
Wer kann den Starrsinn eines Mannes ändern?
Vermöchte ich's, dein Wagen würde stehn
im Frühlicht vor dem Haus, bevor die Nachbarn spähn.

Ich warte sehr. Wie lässig schleicht der Tag.
Ich zähle jeder Stunde Trommelschlag.
Vermöchte ich es, deinen Sinn zu ändern,
du schautest unter fallenden Gewändern
mein Hochzeitskleid mit Blumen reich bestickt.
Kämst du, und nähmst du es ! Wie wäre ich beglückt!

Die Fühllosigkeit eines Magisters

Du mit der blauen Schärpe und dem großen Wissen!
Weißt du auch, daß mein Herz vor Kummer bricht?
Du sendest keine Botschaft. Lange schon vermissen
dich meine Tiere. Warum kommst du nicht?

Du mit dem blauen Gürtelbande der Gelehrten!
Dich suchen die Gedanken, wenn die Nacht
durch meine Kammer geht. Ach, wie entbehrten
dich meine Lippen. Hast du das bedacht,

daß für mich nicht die kleinsten Sterne scheinen?
Ein Tag, von deinem Angesicht verbannt,
ist endlos wie drei Monde. Ich muß weinen.
Du blickst vom Ostturm ungerührt ins Land.

Inmitten des Stroms

Das Schilf ist grün. Die Binsen stehen dicht.
Als ich das Haus verließ, lag Reif im Garten.
Ich suche einen, und ich find ihn nicht,
der sagte mir: »Am Ufer will ich auf dich warten.«
Hier ist die Stelle, doch der Platz ist leer.
Stromaufwärts eile ich jetzt tausend Schritte
und dann stromab, und eh ich wiederkehr
durchs Schilf, da steht er aufrecht in des Stromes Mitte,
und ruft mir nicht und hebt auch nicht die Hand.
Soll er mich weinen sehn? Ich hab mich abgewandt.

Die Binsen und das Schilf sind grün. Der Sand
ist weiß, wie weißer Rauhreif ist. »Im Garten«,
so sagte er, »ist alles kahl. Komm an den Strand.
Dort steht das Schilf wie Wald, dort will ich auf dich warten.«
Hier ist der Platz. Ich eile bis zum Wehr
stromauf und noch einmal stromab. Die Fische schnellen
im Morgengrauen aus dem Strom. Ich friere sehr.
Da steht er plötzlich mitten auf den Wellen,
bleibt stumm und aufrecht stehn und winkt mir nicht.
Jetzt zeige ich ihm weinend mein Gesicht.

Der Acker am Berghang

Zu Tausenden stehn wir am Sonnenhang.
Wir sind des Pfluges erste Wegbereiter.
Im dichten Busch, den noch kein Fuß bezwang,

knien wir in Dornen und verfilztem Moos.
Wir sind der Arbeit nimmermüde Streiter.
Wir graben, hacken, reißen Wurzeln los;

und korbbeladen schwankt des Greises Haupt
auf der Terrasse, die wie eine Leiter
zum Gipfel zieht und ihn der Gottheit raubt.

Der Kaiser hat uns einen Herrn gesetzt.
Wir stehn; befiehlt er es, wir gehen weiter.
Ob uns der harte Fels die Haut zerfetzt,

wir sprengen ihn. Auf, Kameraden! Werft
die Brocken bis zum Mond empor wie Scheiter,
wenn er am Wolkenrand die Sichel schärft.

Er ist der Wächter, der die Wache hält
im Frost vor eisbehangnen Wetterfahnen,
aus denen Schnee auf unsre Äcker fällt;

die keine Pflugschar kennen, harren jetzt
auf das Geheiß der Götter und Schamanen,
das ihre Scholle bricht. Es ist gesetzt

ein Tag vom Himmelssohne für die Saat
der frühen Körner in die neuen Bahnen,
eh sich der Zug der Wandergänse naht.

Ihr Flügelschlagen läßt das junge Grün
erzittern, und die dünnen Halme ahnen
den schwarzen Sturm, vor dem sie niederknien

und auferstehn, wenn stiller Himmel blaut,
und faule Männer ihre Weiber mahnen:
Jetzt geht aufs Feld, und jätet schlechtes Kraut!

Die Saat gedieh. Wir schneiden goldnes Korn
und Hirse. Garben füllen zu Millionen
die hohe Scheuer. Bald ertönt das Horn

zum Dankgelage, und der Kaiser winkt
den Grafen, Rittern, Bauern und Baronen,
mit denen er drei Freundschaftsbecher trinkt.

In Opferschalen gießen wir den Wein
für Väter, die im Unbekannten wohnen.
Wir schlagen unsre Stirnen auf den Stein

der Tempelfliesen vor der Götter Fuß.
Sie lächeln sanft auf ihren Wolkenthronen:
Gebt auch den Alten von dem Überfluß,

daß keiner hungernd an der Straße liegt.
Die Erde wollte eure Mühsal lohnen
und euren Schweiß. Ihr habt die Not besiegt.

Der Einsiedler

Der Wasserfall sprüht feuchte Nebelschleier
in meinen Garten, wo gekreuzte Latten stehn
wie ein Portal. Hier gibt es Einsamkeit und frisches Wasser
und Gräser, die wie Friedensfahnen wehn.

Ich grüße euch in Demut, abendliche Sterne.
Den Hochmut, euch zu greifen, hab ich abgetan
wie ein Gewand. Soll ich Forellen aus dem Hwang-Ho essen?
Was geht mich eine seidige Prinzessin an?

Nach ihrer Liebe mögen andre gieren.
Sie lächelt, schmiegt sich an, sie geht von Hand zu Hand
wie falsches Geld. Ich will auch keinen fetten Karpfen haben.
Besucht mich, wenn ihr wollt. Ich wohne auf dem Land.

Am Ufer des Wei

Am Strom, der zwischen grünen Uferbänken
der Stadt enteilt und froh den Himmel spiegelt,
stehn Silberweiden. Ihre Zweige senken
sich in die Flut; und manchmal ist ein Plätzchen abgeriegelt
von dichtem Buschwerk. Herrn und Damen gehen
sittsam vorüber. Hsia Nan bleibt stehen.
Sie sagt, ein wenig röter werden ihre Wangen:
Kennt Ihr das Spiel, dem man dort im Gesträuch
mit Anmut huldigt und mit steigendem Verlangen?
Er nickt: Mein Fräulein, gerne zeig ich's Euch.
Sie spricht: Man kann dort in der Sonne liegen.
Der Platz ist schmal, doch immer findet man
ein Plätzchen frei und Blumen, die man zum Vergnügen
zerzupfen kann.
Der Herr mit seiner Dame ging.
Pfingstrosen blühten an den Wegen,
und taumelnd flog ein Schmetterling
dem sinkenden Gestirn entgegen.

Der große Strom bricht schäumend seine Wellen
am grünen Uferdamm, wo im Gedränge
die Damen sich den Herren zugesellen.
Die bunten Wimpel flattern vom Gestänge
der tausend Dschunken, die im Windeswehen
vorübergleiten. Hsia Nan bleibt stehen.
Sie sagt: Kennt Ihr das Spiel der Wolken und der Winde?
Man spielt es gerne im Gebüsch zu zwein.
Er nickt: Ich zeig es gerne einem schönen Kinde.
Auch Euch, mein Fräulein, wird es sehr erfreun.

Sie spricht: Längst wollt ich Euch die Uferbänke zeigen.
Der Platz ist schmal. Die Weiden senken ihr Geäst
ins Zittergras, wo still die Heimchen geigen
zum Hochzeitsfest.
Der Herr mit seiner Dame ging.
Pfingstrosen blühten an den Wegen,
und taumelnd flog ein Schmetterling
dem sinkenden Gestirn entgegen.

Die Dame Wen Chiang ist leichtfertig

Ein Reisewagen steht um Mitternacht
im Hof. Die Silberschellen klingen.
Die frechen Lieder, die die Knechte singen,
begleiten ihn bis vor das Tor.
Von dem Verdeck aus grünem Bambusrohr
ist ein Gesicht wie bleicher Mond vom Himmel überdacht.

Die Tochter Chi's den leichten Schleier hebt.
Verbotnem Liebesglück fährt sie entgegen.
Was kümmert sie ihr Ruf! Man wird vom Regen
nach wenig Stunden trocken wie zuvor.
Vier schwarze Hengste traben durch das Tor.
Die Zügelhand des Wagenlenkers bebt.

Es fließen viele Wasser durch die Lande Wen,
und viele Leute stehen an den Straßen.
Chi's Tochter spricht: Man muß sie reden lassen.
Sie lächelt dreist. Der Bauer starrt sie an.
Und ihr Gesicht ist weiß wie Porzellan,
in dem die Augenbrauen wie zwei Sicheln stehn.

Die Wildgans landet am unbekannten Ufer

Seht ihr den Hochzeitsturm? Am First die Glöckchen läuten.
Die gelben Wogen rollt der Ho vorbei.
Forscht nach im Lande Wei bei allen Bräuten,
wo ein Palast wie dieser sei.
Sie kommt. Die Pauke dröhnt. Die Flöten schmeicheln.
Neugierig ist sie sehr.
Wie wird der liebe junge Herr mich streicheln!
Kein lieber junger Herr. Ein ungeschlachter Bär.

Der große Ho rollt seine großen Wogen
vorbei am Hochzeitsturm und am Palast.
Die Sänfte hält vor dem glasierten Ehrenbogen
mit ihrer lilienzarten Last.
Sie naht im leichten Schritt der Tänzerinnen.
Neugierig ist sie sehr.
Was wird der liebe junge Herr mit mir beginnen?
Kein lieber junger Herr. Ein ungeschlachter Bär.

Die Fischer wollen Aal und Karpfen fangen.
Behutsam stellen sie ihr Netz im Ho.
Laut schnatternd ist die Gans ins Garn gegangen.
Die schlauen Fischer sind sehr froh.
Die Gans erschrickt. Sie sperrt den Schnabel auf, will schreien.
Neugierig war sie sehr.
Sie dachte einen lieben jungen Herrn zu freien.
Kein lieber junger Herr. Ein ungeschlachter Bär.

Der arme Freier von Chi

Der Damm von Chi ist hoch. Durchs Röhricht schleicht
der Fuchs, gemieden von den Tieren und verfolgt von Hirten.
Wie bin ich traurig, Liebster! Deine Armut gleicht
der seinen. Keine Schärpe hast du, dich zu gürten.

Die Furt von Chi ist tief. Argwöhnisch geht
der Fuchs aufs Eis. Oh, du mein Liebster, daß ich fröhlich bleibe,

sag mir, was tust du, wenn die Wolke Schnee entlädt?
Ich weiß es längst, du hast kein warmes Zeug am Leibe.

Die Bank von Chi ist lang. Der Fuchs geht drüber hin,
argwöhnisch so wie du. Ach, wärest du bereiter
mir zu vertraun, und mich zu trösten wenn ich traurig bin.
Ich ahne es, du hast gar keine Kleider.

Sie läßt ihn warten

Sie sprach: Heut nacht sollst du dich
nicht mehr nach mir sehnen.
Am Osttor stehen Weiden für die jungen Herrn.
Die Stämme sind sehr fest, man kann sich an sie lehnen.
Die Nacht vergeht. Schon glänzt der Morgenstern.

Sie sprach: Dort, wo am Osttor alte Weiden stehen,
ist's dunkel. Dort will ich die Deine sein.
Im dichten Laubwerk kann uns selbst der Mond nicht sehen.
Ich sehe nur des fahlen Tages Schein.

Ihr Herz ist nicht froh

Eines wirren Traumes Fuchsgesicht
trieb mich auf die Morgenwiese. Ach, ich fand dich nicht.
Meine Arme blieben leer.
Und mein Haar ist glanzlos. Soll ich die verfilzten Strähnen
jetzt am Brunnen waschen? Soll ich in der kahlen Stube gähnen?
Lieber Herr, wer trocknet meine Tränen?

Weil der Indigo schon Knospen treibt,
wollt ich seine Blätter pflücken. Doch die Schürze bleibt
leer wie eines Bettlers Sack.
Kraftlos steh ich in der Furche.
Stunden schleichen fort wie Diebe.
Meine Tränen fallen wie die Körner,
die ich für die Hühner siebe.
Lieber Herr, jetzt weiß ich, daß ich liebe.

In der Ecke lehnt das Strohgeflecht
festgerollter Lagermatten. Herr, die Nacht war schlecht
auf dem liebeleeren Kang.
Keinen Teppich will ich, und ich mag kein weiches Kissen.
Bis dein Bogen hängt am Nagel, will ich alle Wärme missen.
Lieber Herr, das solltest du doch wissen.

Deinen Pfeil die Antilopen fliehn.
Hechte greifst du mit den Händen. Deine Netze ziehn
sieben Männer aus der Flut.
Frauen stehn am Ufer, loben deine Beute, doch sie meinen
deine starken Arme. Warum will die Sonne mir nicht scheinen?
Lieber Herr, ich muß schon wieder weinen.

Das Böse ist dem Guten untertan

Wer kennt es noch? Das wahre Wort zerflattert
wie Kranichschrei, der durch das Röhricht gellt.
Man kann Vernunft an keine Kette schmieden
und keinen Fisch, der aus dem Wasser schnellt.
Undank lohnt Güte, Haß wird Liebe zahlen.
Im Garten starrt der Sandelbaum wie ein Gerüst.
Du kannst das welke Blatt zu Staub zerdrücken,
und schmälst der Finger schmähliches Gelüst.
Im Bösen findest du das Gute stets zuletzt:
Der Stein, der deine Pflugschar wetzt,
wird Körner mahlen.

Wer kennt es noch? Das wahre Wort wird tönen
wie Kranichschrei, der in die Wolken steigt.
Das Trübe kann die Sonne nicht entbehren.
Die Wolke sich zur Bergeshöhe neigt.
Rund um ein Eiland tausend Fische schweifen.
Das kleine Gute blickt zum Großen auf
wie der Papyrusstrauch zum Sandelbaume.
Zum Ho-ang-ho strömt aller Bäche Lauf.
Und es erhebt sich Gutes, wo der Mensch verdammt:
Der Stein, der deine Pflugschar schrammt,
wird Edelsteine schleifen.

Klage

Wie die Begonien sich im Herbst verfärben,
erst blaß wie Gold, dann braun wie trocknes Blut
aus einem reinen Herz, so möcht ich sterben,
so still und klaglos. Totsein wäre gut.

Wozu noch leben, wenn die Blütenblätter
sich krümmen in des Frostes starrer Hand?
Vor feilen Mördern gibt es keinen Retter,
seitdem der Irrsinn prunkt im Staatsgewand.

Kein Fisch geht mehr ins Netz. Nur Ungeziefer
hängt in den Maschen, manchmal auch ein böser Stern.
Das Mutterschaf mahlt leer mit leerem Kiefer.
Das Lamm ist tot. Wer von uns lebt noch gern?

Thronrede des jungen Kaisers

Des Himmels Wille hat sich kundgetan.
Ihn zu erkennen, nenn ich meine Pflicht.
Ich bin der Kaiser, bin nicht jedermann;
ich bin dem Himmel näher, näher dem Gericht
als ihr. Sagt nicht, die Wolken wandern hoch und fern.
Der Menschen Wege achte ich gering;
doch glänzt am Firmament ein neuer Stern,
so sagt es mir. Am Finger glänzt des Kaisers Ring
solang nur, wie das Tun der Welt,
verbrüdert mit der Sphären Harmonie,
in keines Mißklangs düstre Grube fällt.
Recht oder Unrecht wägt der Himmel. Beugt die Knie!

Ich bin ein Kind noch, und ihr seid schon alt.
Ich schwanke auf dem schmalen Pfad der Pflicht.
Ruft mich! Zerrt mich am Rocksaum mit Gewalt!
Ich darf nur straucheln; fallen darf ich nicht,
wenn ich die Strahlen oberflächlicher Glasur
zu einem unerhörten Traumbild fassen soll
des neuen Reichs, darin der Tage Spur
sich schärfer zeichnet, Zoll um Zoll
die höhere Gesittung triumphiert.
Helft mir die schwere Krone tragen. Sorgt!
Damit kein Armer und kein Dichter friert,
solange uns der Himmel Bläue borgt.

Lob eines fröhlichen Gastgebers

Haben wir etwas zu essen? Geh hinaus.
Kürbisblätter wachsen vor dem Haus.
Feingeschnitten und gekocht, ein Festmahl steht bevor.
Ruft mir Gäste. Öffnet weit das Tor.
Plötzlich ist der Hausherr still verschwunden.
Ihm fiel ein, er hat noch einen Rest
herben Reisweins. Welch ein Freudenfest
hat in seiner Hütte stattgefunden.

Haben wir etwas zu essen? Geh hinaus.
Ein Karnickel sitzt im Gartenhaus.
Soll ich's backen oder braten? Einerlei.
Eilt und ruft mir Gäste rasch herbei.
Und der Hausherr läßt die Gäste raten:
Eine Kanne! – Wieviel Becher Wein?
Keiner weiß es. Jedem schenkt er ein.
Aus der Küche duftet es nach Braten.

Haben wir etwas zu essen? Geh und schau.
Ein Karnickel sitzt vor seinem Bau.
Wieder ein Karnickel? Das gibt einen Schmaus.
Eilt und ruft mir Gäste. Schmückt das Haus.
Plötzlich fällt dem Hausherrn etwas ein. Beklommen
blickt er in die Kanne. Keinen Wein.
Lächelnd schenken ihm die Gäste ein.
Unverhoffter Reichtum ist ins Haus gekommen.

Man beschwert sich über einen schlechten Gastgeber

Als wir kamen, gab er jedem
einen Pavillon, darin zu wohnen.
Unsre Kinder durften in den Gärten
nach den bunten Schmetterlingen jagen.
Jetzt gebietet er den Lüften,
jedes dürre Blatt am Baum zu schonen.
Und der Bach, der über Felsen rieselt,
darf kein Murmeln und kein Plätschern wagen.

Als wir kamen, gab er jedem
Koch und Diener, die das Mahl bereiten.
Wein floß aus den Kannen in die Becher,
bis die Nacht verging, und wir dem Morgen fluchten.
Jetzt gebietet er den Enten
und den Hühnchen, unsern Tisch zu meiden.
Ach, er ist ein böser alter Knicker.
Alle sagen's, die ihn je besuchten.

Sieben Söhne

Wo im Garten nur die linden
Winde wehen, steht ein junger Baum.
Sieben Zweige treiben, sieben Zweige finden
Lebensraum.
Tag und Nacht für das Gedeihn
sorgt die Mutter.
Sieben Söhne sind noch klein.

Ob vom Süden oder Norden
kalt die Lüfte wehen oder lind;
jeder Zweig am Baum zum starken Ast geworden
trotzt dem Wind.
Früh beim ersten Tageslicht
gießt die Mutter.
Sieben Söhne rührt das nicht.

Bei der Stadt entspringt die Quelle.
Aus der Erde bricht wie ein Kristall
klares Wasser. Über Felsen rauscht der helle
Wasserfall.
Hier ein Krug! Füllt Wasser ein
für die Mutter.
Sieben Söhne sagen: »Nein.«

Prächtig spreizen ihr Gefieder
sieben gelbe Vögel. Jeder kann
sie bewundern; und sie singen ihre Lieder
jedermann.
Seht im grauen Kleide dort
eure Mutter.
Sieben Söhne reiten fort.

Begegnung im Moor

Ich ging durchs feuchte Moor. Der Morgen hängte
Tautropfen an das Gras. Mein Herz bedrängte
ein törichtes verliebtes Ahnen,
und ich rief: Du!
Blau flatterten die Nebelfahnen.
Er kam, er küßte meinen Atlasschuh,
er sah mich an, und ich erriet den Blick.
Ein holder Zufall, sprach ich, führte mich dir zu.
Doch ich errötete vor Glück.

Blau war der Schleier, den die Nebel woben.
Die erste Lerche rief, um Gott zu loben.
Der Mond war bleich und im Verschwinden
schwand jede Scheu.
Wo werde ich dich wiederfinden?
schrie ich, und mein verliebter Schrei
verschwisterte sich mit der Lerche Ruf.
Ein holder Zufall, sprach er, führte mich herbei.
Ich bin ein Krieger. Sieg ist mein Beruf.

Sie will ihn nicht heiraten

An Busch und Gräser hängt der Tau sein Siegel.
Viel hundert Tropfen gehen auf ein Blatt.
Die Morgensonne findet tausend Spiegel.
Der feuchte Pfad rinnt wie ein Tränenstrom zur Stadt.
Ich bin ein Blatt im Winde. Soll ich mit ihm treiben?
Nein, Herr! Das Gras ist naß. Ich will zu Hause bleiben.

Ihr zwingt mich vor Gericht. Ihr ruft zum Zeugen
den Sperling, der in meine Kammer dringt.
Vor euch soll ich als Braut mich kniend neigen.
Zeigt mir die Lerche, die im Käfig singt!
Wohl habt ihr Gold und ich nur Kupferschnüre,
doch falsch ist euer Wort, und falsch sind eure Schwüre.

Ihr sagt, die Ratte schafft sich Einlaß mit den Zähnen.
Mein armes Haus besteht aus Lehm und Holz.
Bald schwemmt das Übermaß vergossner Tränen
den letzten Balken fort, doch nicht den Stolz.
Ihr Richter an des Kaisers Statt auf der Estrade,
ich will mein Recht. Ich bitte nicht um Gnade.

Die Verlassene

Die Elstern nisten auf dem Erlenbaum am Wehr.
Vom Hügel strömt der Duft der Erbsenblüten.
Mein Herz verdorrt; es ist so liebeleer,
seit mir das deine fehlt. Wer wird es jetzt behüten?

Der Pfad zum Tempel ist mit Ziegeln ausgelegt;
um seinen Hügel rankt die liebe weiße Winde.
Ich bin nicht sicher, ob mein Herz noch schlägt.
Oh, wildes Leid, daß ich dich nicht mehr finde!

Im Mondschein findet er keine Ruhe

Und wieder scheint der Mond auf Wolkenränder
und sendet Kupplerträume auf die Erde.
Der Hase schlingt die schmerzhaft seidnen Bänder
auch um mein Herz mit lächelnder Gebärde.
Ich stammle: Liebste Meh Meh! Kleine Schwester!
Der Hase schnürt die seidnen Bänder fester.

Auf Wolkenrändern liegt des Mondes Schimmer
wie Seidenglanz auf einem jungen Weibe.
Wär ich in meines Mädchens Zimmer,
so wärst du Mond nur eine trübe Scheibe.
Ich bitte Hase, Mond und Wolkensäume:
Schickt auch der kleinen Meh Meh solche Träume.

Der Mond scheint mild, er glänzt und tut gelassen,
als ob er meines Herzens Brand nicht sähe.
Die Hunde bellen laut in allen Gassen.
Hörst du es, Meh Meh? Spürst du meine Nähe?
Jetzt kräht ein Hahn. Schon nahen Schritte auf den Treppen.
Ich muß den Gram, die Glut, mein Herz nach Hause schleppen.

Befehl des Kaisers

Wir wollen heute einsam sein.
Im Thronsaal wollen Wir Uns niederknien
vor dem polierten runden Bronzespiegel.
Schließt alle Tore ! Balken vor und Riegel!
Drückt auf das Schloß das kaiserliche Siegel!
Wir haben Uns das höchste Amt verliehn:
Wir wollen Unser eigner Richter sein.

Des Bronzespiegels Dunkel wogt um rote Säulen.
Der Thronsaal zittert in der Hand des Alls.
Wer hörte jemals einen Kaiser heulen?
Nur ich; und du im trüben Spiegel des Metalls
tu auf den Mund und sprich: Ich muß mich schämen.
Sprich als ein Kind, das vor der Seelentafel kniet.
Womit kann ich den Schmutz der Welt verbrämen,
der meine Stirn wie Moder überzieht?
Sprich als ein Kind: Ich will das Schlechte meiden.
Die Wespe birgt den Stachel im Gewand
des schlanken Leibs. Die Untat naht bescheiden.

Sie duckt sich zahm, verbirgt sich in der Hand
und will, daß ich sie streicheln soll wie das Gefieder
des kleinen Vogels, der durch Zäune schlüpft.
Zwei Tage später. Wer erkennt sie wieder?
Ein Geier ist auf meine Faust gehüpft.
Er reckt den kahlen Hals, er dehnt die Flügel.
Fort! Fort! Ich bin der Kaiser. Ich befehle dir!
Wer schreit so laut? Bist du es, Bild im Spiegel?
Was will der grause Vogel hier?

Tod zweier Prinzen aus dem Hause Hsüan

Die beiden Knaben stiegen in die Boote.
Sie spürten nicht den Hauch, der vor dem Tode
hergeht wie kalter Schatten vor dem Licht.
    Wir stehn am Ufer. Uns ist bange.
    Die Männer suchen mit der Stange.
    Zuhaus die Frauen weinen. Niemand spricht.

Die Boote trug der Strom auf raschen Wellen
am Ufer hin. Still schwebten die Libellen
in heißer Mittagsluft von Düften satt.
    Wir stehn am Ufer bange Stunden.
    Die Männer haben nichts gefunden.
    Wer trägt die Schuld? Dort treibt ein welkes Blatt.

Das Heer braucht Beharrlichkeit

Felsen stoßen durch die Nebelschwaden.
Graue Angst verwirrt den Blick ins Tal.
Bäche sind mit weißem Gischt beladen.
Auf nach Osten! spricht der General.
Über Ströme und vereiste Pässe
führt der Weg, und nirgends steht ein Haus.
Jeder Li, den ich mit Tränen messe,
mißt die Herzensmüdigkeit nicht aus.

Fels auf Fels zersägt des Himmels Bläue.
Wie ein Schrei durcheilt die Angst das Tal.
Keine Hoffnung blieb uns mehr, nur Reue.
Auf nach Osten! spricht der General.
Durch die Ströme der verlornen Tage,
über das Gebirg des Fluchs marschieren wir.
Höher türmt es sich. Ich trage
meines Herzens Müdigkeit mit mir.

Schweine wälzen sich am Rand der Teiche.
Ihre Füße werden weiß. Im Tal
hockt die Angst. Dort oben geht der bleiche
Mond im Osten, spricht der General.
Durch die weichen Lämmerwolken waten
seine Füße. Ach, er prophezeit
Sturm und Regen; meine Herrn Soldaten!
Bis zum Nachtquartier ist es noch weit!

Groß ist das Haus der Tschu

Wir steigen mit behendem Fuß
auf Berge, die uns unerreichbar schienen.
Auf Felsengipfel, die der Gottheit dienen
als Wolkenthron, tritt unser Seidenschuh.
Groß ist das Haus der Tschu.

Wir bändigten die Flut des gelben Ho.
Vertrauend steht das Volk auf seinen Dämmen.
Gerechte Richter fördern oder hemmen
Untat und Tat. Die Götter schauen zu.
Groß ist das Haus der Tschu.

Die Fürsten reiten durch das Mittagstor
in den Palast, und vor des Thrones Stufen
beugt sich das helmgewohnte Haupt. Sie rufen
zehntausendfaches Glück dem Herrscher zu.
Groß ist das Haus der Tschu.

Kaiser Wen

Kaiser Wen!
Du warst der Wirrsal Überwinder.
Du dachtest Friede, und der Krieg versank.
Am Abend bist du auf den Lippen unsrer Kinder,
im Traume lächeln sie dir ihren Dank.

Kaiser Wen!
Du wirst in unsren Herzen leben
lebendiger als in rubingeschmücktem Schrein.
Wenn wir im Staub der Straße knien und beben
bist du in uns. Wir werden in dir sein.

Kaiser Wen!
Du hast auf rosenroter Wolke
dein Banner aufgerichtet, es wird wehn
im Land der Tschu, geheiligt deinem Volke,
und wir, die Alten, haben es gesehn.

Das große Trinkfest

Durchs Fenstergitter fällt das Filigran der Schatten
auf Pantherfell. Portale werden aufgetan.
Die würdevollen Gäste nähern sich den Matten.

In ihren Händen tragen sie die roten Briefe
der Einladung so ernst, als ob ein Streitruf Mann für Mann
zum Kampfe gegen nördliche Barbaren riefe.

Sie teilen sich nach rechts und links,
besorgt, daß keiner übergangen werde.
Geduldig harren sie geheimen Winks.
Der Kaiser naht. Sie fallen platt zur Erde.

Nun heben sie zum feierlichen Trunk die Schalen
mit beiden Händen auf zur Stirn. Der Sprecher sagt:
»Dir seien tausend Jahr beschieden, und die Zahlen

der Pferde und der Rinder seien ungemessen,
solang ein Abend dämmert und ein Morgen tagt.«
Der Kaiser nickt: »Laßt uns das Trinken nicht vergessen.«

Die Pauke dröhnt und Glockenton
schwingt von der Hauptstadt in die Lande.
Die aufmerksamen Diener füllen schon
zum drittenmal die Becher bis zum Rande.

Die Kaiserscheibe wird hereingetragen
und aufgestellt zum ritterlichen Spiel.
Wer wird den ersten Pfeil ins Schwarze jagen?

Ich will's. Doch wirst auch du den Bogen spannen müssen,
und treffen sollst du so wie ich. Fehlst du das Ziel,
mußt du zur Strafe meinen vollen Becher küssen.

Der Pauken Donnergrollen schwillt,
die Hörner dröhnen, Drachenbanner wehen.
Die Flöte ruheloser Tänzer schrillt,
den weihevollen Tempeldienst zu höhen.

Der Räucherkerzen Duft lockt die verehrten Ahnen,
die letzten großen Bräuche gütigst anzusehn.
Uns zu begnaden schwingen sie die Geisterfahnen,

die Äcker fruchtbar machen und das Vieh vermehren,
die segenspendend über jeder Hütte wehn
und einer Frau den heiß begehrten Sohn gewähren.

Der Sprecher ruft: »Versammelt sind,
wir, die nicht wert, daß uns dein Schuh zerträte,
oh Himmelssohn, Staubkörner, die der Wind
in dürrer Wüste zwischen Steine säte.

Nur deine Gnade gab uns Teil an den neun Reichen.
Wir speichern Segen auf dein Herrscherhaupt,
und keiner Enkel Sorge soll der unsern gleichen.«

Der Sprecher schweigt. Die frühgebornen Alten schreiten
zum leeren Sitz der Gäste, die der Tod geraubt.
Die Flöten sind verstummt. Man hört die Glöckchen läuten

vom Dach, wo sie der Wind bewegt.
Und in die Stille nochmals spricht der Rufer:
»Trinkt und bedenkt: Die volle Schale trägt
den Bechergruß zum unbekannten Ufer.«

Die Gäste neigen sich. Die Alten als die Boten
der Abgeschiedenen erheben den Pokal
und danken für den Gruß im Namen aller Toten.

Sie flehen, daß die Hand der Himmlischen die Erde
in Gnaden fasse und das milde Band des All
um unsre Wirrnis schlinge, daß sie klarer werde

und die erwünschte Harmonie
im Reich der Mitte herrsche. Alle sinken
noch einmal vor den Ahnen in die Knie.
Dann ruft der Sprecher: »Es ward Zeit zum Trinken.«

Die aufmerksamen Diener, die des Rufes harrten,
beflügeln ihren Schritt. Aus Kannen springt
der Wein wie die Fontäne in des Kaisers Garten.

Doch wie die Nebel aus der Talschlucht hasten,
den Blick des Wandrers trübend, dem es kaum gelingt,
den Pfad mit weichem Bastschuh abzutasten,

so steigt der vorgewärmte Wein
zum Kopf der eben noch so Feierlichen.
Behutsamkeit wird Lärm. Die Diener schenken ein.
Bald ist die Wohlanständigkeit gewichen.

Die Müden werden neu belebt und stehen
auf einem Bein, den Becher in der Hand.
Sie wollen reden und vermögen nur zu krähen

und lächeln vor sich hin wie ungezogne Knaben,
die man getadelt hat. Sie werden umgerannt
von denen, die auf allen Vieren traben.

Gelehrte, die nach Hilfe suchen, lehnen stumm
an Pfeilern, ihren wirren Kopf zu stützen,
und gleiten aus. Die Becher fallen um.
Macht nichts. Ein Dichter zeichnet in die Pfützen

auf den polierten Tisch ein schnell erdachtes Zeichen.
Der Wein schwemmt alles weg. Der trunkne Dichter flucht
den andern Narren, die ihm in der Narrheit gleichen.

Und Ritter, die sich vor dem Ton der Gasse hüten,
gebrauchen Worte, die umsonst ein Roßknecht sucht,
um eines andern Grobheit noch zu überbieten.

Sie lachen dröhnend. Keiner denkt,
daß er durch würdeloses Weitersaufen
die Majestät des Himmelssohnes kränkt.
Die Bahn verlassen heißt zum Abgrund laufen.

Es ruft nach wohlerwogner Frist zu Staatsbanketten
des Himmels Majestät. Dann reiten durch das Land
die kaiserlichen Boten in Stafetten.

Vom Herrscher wird der Älteste erhoben,
dem Feste vorzustehn. Ein zweiter wird ernannt,
Bericht zu geben, wer am Schluß zu loben

und wer zu tadeln sei. Doch ach, man sieht
nur wenige noch bei Vernunft. Es sind die zähen
Verfechter wahrer Tugend; wer da kann entflieht
wie eine Eule vor dem Schwarm der Krähen.

Doch um ihn tönt der Schrei von allen Seiten:
»Trink, Tugendbold. Wir schämen uns für dich.«
Der Weise schweigt. Er geht, und ihn begleiten

die frechen Rufe. Er kann nicht verhehlen,
was er zu sagen hat: »Ihr wißt, wie widerlich
ein ausgewachsner Bock ist, dem die Hörner fehlen.

Geht auf den Anger, blickt ihm ins Gesicht,
daß jeder sein getreues Abbild finde.
Mehr als drei Becher trinkt der Weise nicht.
Hört auf, damit euch der Verstand nicht gänzlich schwinde.«

Herzog Wens Abschied

Ich gab ihm das Geleit, bis uns des Stromes Flut
die Trennung auferlegte. Da sprach ich zu ihm:
Schon hebt das strahlende Gestirn sein Haupt.
Die Nacht will weichen.
Nimm diese Pferde als das unscheinbare Zeichen
der Freundschaft an. Dein Weg sei leicht und gut.
Mögst du die heimatliche Halle bald erreichen.

Ich gab ihm das Geleit zum Strom und stieg vom Pferd.
Das Herz war mir von Trauer schwer. Ich sprach zu ihm:
Schon zerrt das Boot auf runden Wellen an der Leine.
Ich habe nichts als diese unscheinbaren Steine
und diese Jaspis-Gemme. Sie hat keinen Wert.
Oh, wende dich von mir, bevor ich weine.

Fritz Mühlenweg auf Pfaden der Nachdenklichkeit:

von den ältesten chinesischen Gedichten über die Mongolei und das Meersburger Ufer zur Bücherlandschaft der Adenauerzeit

Ein Nachwort von Ekkehard Faude

Als nach dem Ende des Zweiten Weltkriegs im zerstörten Deutschland wieder Bücher gedruckt werden konnten, startete in Hamburg der *Hans Dulk Verlag*. Mitten im materiellen Elend und der allgemeinen Warenknappheit begannen gute Zeiten für Literatur. Einige Verlage hatten die Nachkriegszeit vorbereitet, als sie von der Reichsschrifttumskammer noch gegängelt wurden und Papier nur für »Kriegswichtiges« zu bekommen war. Auch bei den Autorennamen der ersten Nachkriegsjahre gab es die »Stunde Null« nicht, Kontinuitäten zu den 30er und 40er Jahren überwogen.

Dulks Programm, 1945 auf einem schmucken Leporello formuliert, setzte bei der Beschreibung seiner ersten fünf Bücher ganz auf kulturelle Ewigkeitswerte: drei Gedichtbände, darunter *Hermann Hesse* als bekanntester Autor. Literatur sollte über tagtäglichen Hunger, ungesichertes Obdach und menschliche Verluste mit zeitübergreifendem Wissen trösten. Was konnte von weiter her kommen als jahrtausendealte Dichtung aus Ostasien? So begann der Prospekt mit *Fritz Mühlenwegs Nachdichtungen aus dem chinesischen Schi-King*. Die anonym überlieferte Sammlung von 305 Liedern war schon als vorzeitlich erschienen, als *Konfuzius* sie vor 2500 Jahren in ihre kanonische Ordnung brachte.

»Tausendjähriger Bambus«, ein leis knisternder Titel in den Monaten nach dem Niederbruch eines Regimes, das sich zwölf Jahre lang als »Tausendjähriges Reich« aufgeführt hatte. Das Knistern wird aber leiser, wenn man die Titel anderer Gedichtbände aus den deutschen Westzonen des Jahres 1946 dazu liest: »Irdisches Geleit« *(Oda Schaefer)*, »Entzückter Staub« *(Wilhelm Lehmann)*, »Die Silberdistelklause« *(F. G. Jünger)*; noch die »Moabiter Sonette« von *Albrecht Haushofer*, entstanden in einem Nazi-Zuchthaus, sind von ihrer Form her ein Dokument für den Traditionalismus in der damaligen Neuproduktion.

Daß der Verleger Dulk die Nachdichtungen unter dem Namen des unbekannten deutschen Übersetzers führte, ist ein Indiz für seine Wertschätzung der dichterischen Leistung. Das öffentliche Echo auf dieses erste Buch bestätigte ihn: Das begann noch im Oktober 1946, als *Bruno Snell* in der jungen Hamburger Wochenzeitung »Die Zeit« Mühlenwegs Texte vorstellte.

Bruno Snell, der überragend gelehrte Altphilologe und Literaturwissenschaftler, wenige Jahre später auch ein Spiritus rector der Darmstädter Akademie für Sprache und Dichtung, wendete ein Handicap seiner Kritikerposition geschickt zum Vorteil der Veröffentlichung: »*Ich kenne kein Chinesisch und weiß nicht, wie getreu diese mehr als zweitausendjährigen Verse übertragen sind; aber daß hier deutsche Gedichte entstanden sind, die zu dem Schönsten gehören, das unsere Sprache besitzt, wird schon ein Beispiel zeigen . . .*« (Er zitierte dann die subtile und listige Liebesklage »Heimlicher Brief«, mit der unsere Ausgabe beginnt.)

Snell rühmte unverhohlen die sprachlich Kraft dieses Erstlings: ». . . *und immer wieder hat der Übersetzer das Wunder vollbracht, daß in leichten und doch nie aufdringlichen Reimen in einer selbstverständlichen und doch erfüllten Sprache vollendete deutsche Gedichte entstanden sind.*« Der Satz stimmt ein halbes Jahrhundert später noch.

Wenn Bruno Snell in der Hamburg-Connexion damals nachgefragt hat, so konnte er von Dulk vor allem die Geschichte hören, wie der angehende Verleger mit dem Autor drei Jahre zuvor am Bodensee bekannt geworden war. Hans Dulk war auf einer Meersburger Parkbank eingeschlafen und wurde von einem Zöllner geweckt, der ihm klarmachte, daß das Schiff nach Friedrichshafen inzwischen ohne ihn fort war. Aus der Plauderei am Ufer, die bald an Gestaden der klassischen Literatur anlegte, erfuhr der Uniformierte, daß der Mann aus Norddeutschland im Ersten Weltkrieg Seeoffizier gewesen war, danach zwanzig Jahre für den Insel-Verlag als Vertreter reiste, auch im Ausland, und schon einige Liebhaberbände mit Lyrik veröffentlicht hatte, – eine langsame Annäherung an seinen eigentlichen Berufswunsch, Verleger zu werden.

Der acht Jahre jüngere Badener hatte seinerseits von einem Weg mit Mäandern zu erzählen: Er war 1898 in Konstanz geboren,

hatte Drogist gelernt und sollte – nach dem Tod seines älteren Bruders im Grauen des Weltkriegs – die prosperierende Drogerie seiner Eltern weiterführen. Abrupt scherte er mit 28 Jahren aber aus der Krämerwelt am See aus und geriet durch einen Job bei der neugegründeten Luft Hansa von Berlin aus ins Abenteuer seines Lebens: Das deutsche Flugunternehmen sponsorte gerade die letzte große Expedition von Sven Hedin in Ostasien, in deren Verlauf für eine erste Fluglinie Berlin–Peking meteorologische Daten in der inneren Mongolei gesammelt werden sollten. Der junge Kaufmann Mühlenweg hatte Lohnlisten und Proviant zu verwalten, übte sich in der freien Zeit aber auch in Zeichnen und Malen; denn seine Lebenskrise faserte in den unsicheren Wunsch nach künstlerischer Existenz aus.
In den Jahren 1926 bis 1932 verbrachte er insgesamt fast 30 Monate in China und der mongolischen Wüste Gobi, danach war er sicher, daß er in die alte Lebensform nicht mehr zurück konnte. Auf der Akademie in Wien (1932/34) lernte er die österreichische Malerin *Elisabeth Kopriwa* kennen: Mit einer bald auf fünf Köpfe angewachsenen Kinderschar lebte das Maler-Ehepaar Mühlenweg seit 1934 in Allensbach am Bodensee. Die Kriegsmaschinerie Hitlers hatte den 40jährigen nur noch zum Zolldienst eingezogen; nach zwei Jahren in Bordeaux war die Trennung von der Familie durch die Versetzung nach Meersburg und auf die Insel Reichenau erträglicher geworden.
Der temperamentvolle Hanseat und der freundliche, gewinnend höfliche Mann vom Bodensee entdeckten rasch Gemeinsamkeiten. Beide waren weitgereist und künstlerisch so aufgeschlossen, daß sie schon auf dem Feld der Kulturpolitik in gehörige Distanz zu nationalsozialistischen Wertungen geraten waren. Die überraschendste Wendung für den angehenden Verleger Dulk nahm das Gespräch am Meersburger Ufer jedoch, als dieser Hilfszöllner von eigenen Übersetzungen alter chinesischer Lyrik erzählte. Alles paßte. So kam der Verleger über einen versehentlichen Mittagsschlaf zu seinem ersten Buch. In der Eile sind Fehler.

Das erste Dokument einer Männerfreundschaft, die über ein gemeinsames Projekt vorankam, ist ein förmlicher Verlagsvertrag über den Gedichtband »Tausendjähriger Bambus«. Er datiert vom 3. März 1944 und vereinbarte die »baldmöglichste Veröffentlichung«. Das konnte damals – ein Jahr nach Stalingrad, aber noch vor der Invasion der Alliierten – alles mögliche heißen. In Hamburg war nach den katastrophalen Bombennächten das Kriegsende schon vorstellbarer geworden als am Bodensee.

Das Gedankenspiel ist erlaubt, daß bei besseren Rohstoff-Verhältnissen dieser tausendjährige Bambus in einer der ideologieferneren Nischen noch als Buch der Hitlerzeit hätte erscheinen können. Der Gedichtband könnte dann von heute aus der Peripherie einer schmalen Literatur des »Inneren Reiches« zugeordnet werden. Offener Widerstand ließ sich aus ihm nicht herauslesen, aber der geschärften Wahrnehmung von LeserInnen wären nach zehn Jahren der Diktatur Lesarten möglich gewesen, die wir heute nur mühsam entziffern. Der *Kaiser Wen* und *die gerechten Richter* des Hauses Tschu zum Beispiel waren mit ihrem Traum von einer »höheren Gesittung« von den vulgären Gauklern und Massenmördern der damaligen deutschen Reichsspitze nicht nur durch Jahrtausende getrennt. Die Zuversicht auf den Sieg der Wahrheit und auf eine letztendliche Besserung, von Mühlenweg zunächst mit »Trost der Erde« überschrieben, dann zum Titel »*Das Böse ist dem Guten untertan*« verdichtet, war als Botschaft nicht weit entfernt von jenem Brecht-Gedicht, das in Lagern des Dritten Reichs in heimlichen Abschriften kursierte, über die tröstliche Weisheit des Laotse, daß das Harte dem Weichen unterliegt.

Dulk gelang es immerhin, im Mai 1944 einen Vorabdruck von vier Gedichten im »Hamburger Anzeiger« unterzubringen, mit ausdrücklichem Hinweis auf Mühlenwegs Teilnahme an der Hedin-Expedition. Das wurde, auf derselben Seite mit Nachrichten über Fortbildungskurse im Puppenspiel (»in Gemeinschaft mit dem BDM, der NS-Frauenschaft und der NSV«), in

einer Stadt gelesen, deren Bevölkerung schon fast ein Jahr in den Ruinen bombardierter Häuser zu überleben versuchte. Texte einer friedvollen Gegenwelt. »*Die Welt ist still. Im Osten schwebt der Schein des Mondes über ferne Felsenklippen . . .*«
Der Autor muß eine baldige Drucklegung für möglich gehalten haben, ein Besuch seines Verlegers im Dezember 1944 bestärkte ihn. Zu Weihnachten schenkte er eine Abschrift den engsten Freunden in Hemmenhofen am Untersee: Aus dem Haus von Otto Dix, mit dem das Ehepaar Mühlenweg seit Jahren eine Ambiance zwischen künstlerischem Austausch, Regime-Abwehr und praktischer Nachbarschaftshilfe pflegte, kam wenige Tage darauf ein begeistertes Echo. Die leseerfahrene 21jährige *Nelly Dix* bedankt sich beim »Ziehvater« in Allensbach für die Gedichte, die sie schon zum vierten Mal ihrer Familie vorlesen mußte. »*Die wilde Begeisterung des Herrn Dulk ist mehr wie begreiflich . . . Ihre Gedichte sind so erschlagend schön, daß die Anrede ›Meister‹ nicht mehr das Mindeste besagen kann.*« Der Überschwang einer Herzensfreundschaft, gewiß; aber es gibt auch eine Hellsicht aus Begeisterung. Von der hingerissenen und präzisen Lesart der Nelly Dix hat Mühlenweg dann auch später in der Manuskriptphase seines ersten Romans wichtige Bestärkung erfahren.

Wir sollten noch einmal zurück: Die Szene am Meersburger Ufer, im vierten Jahr seines Zolldienstes, wurde für Fritz Mühlenweg letztlich zu einer Weggabelung, an der sich aus dem Rudel seiner Iche der Autor lösen konnte. Wie hat dieser in Uniform gesteckte Maler zu erkennen gegeben, daß er zugleich ein Dichter sein wollte? Hat er Hans Dulk davon erzählt, daß er schon während der Expedition von 1927 mit einem Festgedicht unter den Teilnehmern ein Literaten-Image zurückgelassen hatte? Daß er dann, bevor er sich auf eine bildnerische Identität festlegte, tollkühn an den größten Verlag der Reichshauptstadt einen Text über die tragische Figur des mongolischen Fürsten Dampignak geschickt hatte?

Wenig wahrscheinlich. Dieser leistungsstarke, aber nirgends auftrumpfende Kreative hat Niederlagen nur schwer verkraftet. So wird er die lang zurückliegende Ablehnung durch Ullstein für sich behalten haben, wie auch andere gescheiterte Versuche, als Schriftsteller öffentlich zu werden: 1937 hatte er wochenlang gehofft, mit Hilfe eines Sportsfreunds, der Karriere im Luftfahrtamt machte, eine Novelle und eine Folge von Expeditions-Erzählungen in der »Frankfurter Zeitung« unterzubringen. Ein Jahr darauf war er von einem Treffen mit dem Tübinger Verleger Wunderlich ebenso beeindruckt wie zerknirscht zurückgekehrt; daß die »Bodensee-Rundschau« für die Weihnachtsausgabe 1938 dann eine altertümelnde Erzählung (mit Illustrationen seiner Frau) druckte, tat nur regionaler Eitelkeit gut. Die kommentarlose Ablehnung eines im alten China handelnden Theaterstücks durch die Münchner Kammerspiele am Schauspielhaus traf im Februar 1940 ein, als er schon dienstverpflichtet war. Das alles zeigt, daß er sich den Stoff seiner abenteuerlichen Jahre in unterschiedlichen literarischen Formen vergegenwärtigte. Die einzigen Erfolge konnte Mühlenweg beim »Deutschen Kulturwart« verbuchen: eine Skizze über seine Begegnung mit Sven Hedin, den auch während der Hitlerjahre offiziös hochgeehrten schwedischen Forscher (Juni 1939) und ein Text über »Landschaft am Bodensee« im April 1940 (– da öffnete sich das Heft bereits mit einem Hitler-Mussolini-Photo und der schrillen Parole »ES KANN NUR EINER SIEGEN UND DAS SIND WIR«.)

Vier Jahre nach der entscheidenden Zufallsbegegnung mit Hans Dulk schrieb der Autor aus der Nachkriegsarmut heraus an einen Expeditionsfreund, der aus dem heileren Schweden regelmäßig Care-Pakete schickte, und dedizierte ihm die schmale Erstausgabe: »*Diese Gedichte sind die Früchte meines sechsjährigen Postenstehens bei Tag und Nacht. So war die Zeit nicht ganz vertan.*« Eine heroische Ikone, die vielleicht damals schon mit leisem Lächeln zu lesen war. Natürlich ist er nicht nur

Posten gestanden; während der zwei Dienstjahre in Bordeaux hatte er eher wegen Laufereien zu klagen, und neben der Konfiszierung von Schiffsladungen mit Rosenkränzen nach Afrika war auch Zeit für geruhsame Maler-Ausflüge in die Gegend. (Vor allem: ihm blieb der tödliche Nonsens der Front erspart.) Die innere Wahrheit der Selbststilisierung liegt in dem Versuch eines Mannes, der den größeren Teil seines fünften Lebensjahrzehnts am eigentlich Produktiven verhindert worden war, sich die verlorenen Jahre wenigstens im nachhinein zu bewerten.

Heute können wir genauer sehen. Was ihn zu einem ersten Abschluß seiner Nachdichtungen gebracht hatte, war eher der *Beginn* des Postenstehens, vom Dezember 1939 an, in neunstündigen Wachen am Bodenseeufer bei fast 20 Grad minus. Man kann die Verbesserungen seiner Übersetzungsversuche auf großformatigen Buchhaltungsblättern verfolgen, die der Kaufmann in ihm immer noch schätzte. So gab schon das Papier eine äußere Form für die Handschrift, und die Poesie der Bilanzbegriffe brachte eine eigene Spannung: die Rohübersetzung noch quer über die Spalten »Konto für schwebende Buchungen«, daneben unter den Rubriken »Unkosten-Konto«/»Schaden-Konto« die rhythmisch schon durchgestaltete und sehr freie Fassung mit numerischer Ziffernangabe. Schließlich das Typoskript: Über der Maschinenabschrift des Gedichts »An den fernen Geliebten« zum Beispiel – das ist jener meisterliche Text, den *Hartmut von Hentig* irgendwann nach dem Krieg in der Druckfassung unterm Titel »Sehnsucht« kennengelernt und noch im Oktober 1990 als sein Lieblingsgedicht für die Frankfurter Anthologie der FAZ ausgewählt hat – steht als Briefkopf: »Fritz Mühlenweg, Hilfszollassistent, Gast. Reichenau«.
Schon im späten Frühjahr 1940, also nach einem halben Jahr Postenstehen, hielt er ein Bändchen mit chinesischen Übertragungen für druckreif. Über einen Bekannten wurde ein Manuskript an den Hauptschriftleiter der Monatsschrift »Der getreue Eckart« nach Wien geschickt; der verwies aber an einen Wiener

Verlag weiter: dort seien in der Reihe der Tieck-Bücher »bereits chinesische und japanische Sprüche und Dichtung« erschienen. Offenbar ist daraus nichts geworden. Übrig blieb in Mühlenwegs Bücherregal ein orangerotes Bändchen im Pappschuber, das 1939 im 19.–28. Tausend lief: die von Heinrich Tieck herausgegebene Sammlung chinesischer Weisheiten »Wenn ein Blatt sich bewegt, kann auch der Ast erzittern«.
Nein, es bewegte sich nicht viel in jenen Jahren, von Beteiligungen des Malers an verschiedenen regionalen Ausstellungen abgesehen. Auch ein Publikations-Versuch im November 1941, den Mühlenweg selbst von Allensbach aus startete, blieb erfolglos. Aus dem freundlich bedauernden Ablehnungsschreiben *Willi Küsters* vom Überlinger See-Verlag kann auf den Inhalt der Gedichte allerdings nicht geschlossen werden. Es müssen nicht nur die Übertragungen gewesen sein: Mühlenweg probierte insgeheim in einem breiteren Spektrum von Reim und Rhythmen, von humorigen Jahreszeitversen für die eigenen Kinder bis zu einem nicht ganz Rilke-fernen »Requiem für den Maler Alexander Rihm«, den im Krieg gefallenen Freund.
(Ja, auch einen einzigen, mißratenen Versuch einer Soldaten-Ekloge, in der sich Tod auf Morgenrot reimt und nach blutger Schlacht das Horn zum Sammeln ruft, hat er aufgehoben. Sonst aber war unter den Seestimmungen und den Einsamkeitsklagen aus dem fernen Bordeaux, die der Hilfszollassistent ins Reine tippte, einiges auf besserem Level als das offiziös Gedruckte; das besagt freilich wenig zu einer Zeit, da am Bodensee ein Wilhelm von Scholz auch nach Stalingrad noch Durchhalte-Texte schrieb und aus Berlin die kraftvollste lyrische Stimme ins Vernichtungslager deportiert wurde: *Gertrud Kolmar,* vier Jahre älter als Mühlenweg, ermordet im März 1943.)

Es gibt unter diesen nachgelassenen Texten ein paar Strophen, im Vokabular nicht ohne Klischees, die einen Erfahrungshorizont seiner Krisenjahre aufreißen, von dem Mühlenwegs Weltsicht untergründig bestimmt blieb.

Winter in der Wüste Gobi

Ein hoher roter Berg zeigt sich im Norden,
Wie ein Gewitter lagert sich der Rest der Nacht
Um ihn, und droht den jungen Tag zu morden,
Wenn er erwacht.

Der letzte Mensch, das letzte Tier muß sterben.
Atem wird Eis. Die Kugel sprengt den Lauf.
Die Tamariske reißt sich zum Verderben
Die eigne Wunde auf.

Das bleiche Frühlicht eilt mit seinen Scharen
zum Morgenstern, da wird er blaß und fällt.
Jetzt steigt der Tag mit schmetternden Fanfaren
in die entseelte Welt.

Er hatte, nur wenig mehr als zehn Jahre zuvor, in der asiatischen Wüste neben den konventionellen Abenteuern einer Expedition mit 300 Kamelen auch den Erschöpfungstod in Eiseskälte und Sandstürmen gestreift. Der Gegensatz zur bisherigen Naturerfahrung zwischen Bodensee und Alpen konnte kaum größer sein. Die *Tamarisken:* kein poetisches Spielwort, sondern der letzte dornige Pflanzenrest in der Gobi. In einer Morgenfrühe am *roten mongolischen Berg Abder,* zeichnend fernab vom Karawanenlager, hatte der solitäre Dreißigjährige zudem etwas erlebt, was ihm nach seinen jahrelangen Verdüsterungen und Unstetigkeiten die Zuversicht vermittelte, daß er ein Leben als Maler versuchen solle. Als eine grundlegende Erfahrung aber blieb ihm das Bild einer reglos alles Menschenleben überdauernden *»entseelten Welt«.* Seither war ihm vertraut, was er in den Gedanken des *»verbannten Generals« (s. o. S. 19)* wiederfand, wie dieser auch hat er an einem desillusionierten Ethos festgehalten. Eine radikalere Variante der Wüstenerfahrung als die des Vorderen Orients, wo die menschliche Nichtigkeit in der jüdisch-priesterlichen Traditionsbildung durch einen vermittelnden Gott gemildert ist.

Die Erfahrung einer ursprünglichen, seelenlosen Erdnatur, von der aus der Mensch nicht privilegierter gemeint ist als die selbstzerstörerische Tamariske, muß freilich nicht zum Nihilismus führen. Bei Mühlenweg festigte sich so das anerzogene Ordnungsdenken seiner Klasse in einem Ethos, das gesellschaftliche Ordnung guthieß. Wenn er zu etwas keine Affinität hatte, dann zu anarchistischen Gedankenspielen. Sein Denken blieb konservativ, zu Utopien im Staatsbereich verstieg er sich nicht. Für den Badener, der seine ersten 16 Jahre in einer friedlichen Welt erlebt hatte, war schon der ferne Preußenkaiser keine sonderlich bewunderte Größe gewesen. Die Parteienkämpfe der taumelnden Nachkriegs-Demokratien haben seinen Degout vor Europa so verstärkt, daß er sich um eine Auswanderung bemühte, ganz gleich wohin, nach Neuseeland, nach Südwestafrika.

Danach gefiel ihm die Politikferne endgültig: Ins Allensbacher Haus drangen die Führertiraden und die Fanfaren der Sondermeldungen allenfalls vom Nachbarn übers Salatbeet her *(»Wir besitzen keinen Radioapparat und wir haben auch nie einen haben wollen, denn die Politik interessiert uns nicht«*, schrieb er noch 1947 in einem Brief).

Wer sich für Mühlenwegs imperiale Leitbilder interessiert, – das ist ja doch belangvoll bei einem Literaten, der seinen Gedichtband in der Erstauflage mit so staatstragenden Titeln beginnen ließ *(»Groß ist das Haus der Tschu«, »Des Volkes Ehrfurcht«)*, – kann fündig werden: Undeutlich taucht quer durch die Jahre der kindliche Wunsch nach einem entfernten weisen Herrscher auf, literarisch hoch gebildet, ein krasser Machtmensch, der möglichst noch seine Nachfolge regelt: So läßt sich ein unveröffentlichtes Theaterstück über die Figur des autokratischen Generalgouverneurs Yang verstehen, den er im Frühjahr 1928 in Urumtschi noch erlebt hatte. Der Mongolen-Fürst

Dampignak, wie ihn sein Fragment über die Jugend dieses völkischen Führers entwirft, provoziert den entscheidenden Konflikt mit der chinesischen Zentralmacht, indem er die uralte Sitte – Gastfreundschaft gegenüber Fremden – verteidigt und zum Beginn seines konservativen Aufstands macht. Das Unzeitgemäße von Mühlenwegs spannungsreichen Bewunderungen kann noch verblüffender werden: 1940, im Zenit der militärischen Hitler-Erfolge, als Zöllner im deutschen Besatzersystem an der Atlantikküste, hat dieser nüchtern arbeitende Untergebene ein biografisches Projekt über den früheren französischen Präsidenten und Deutschenfeind Clémenceau vorbereitet, tief fasziniert von der Figur des »Tigers«.
Anschaulicher und verläßlicher wurde seine politische Phantasie auf der Ebene zwischenmenschlicher Moral, da wirkte sich die liebevolle familiäre Turbulenz im engen Allensbacher Haus aus, die tägliche Balance aus Stetigkeit und Improvisation, die er mitzuschaffen hatte. Der Erfolg seines erzählerischen Hauptwerks »In geheimer Mission durch die Wüste Gobi« resultiert wohl nicht zuletzt aus dem abenteuerlichen Lernprozeß einer zuwartenden Freundlichkeit auch Fremden gegenüber, aus Höflichkeit und Ritualen konnte da Zuversicht wachsen. Jaja, die Mühlenwegsche *religio* einer verantwortlichen, liebevollen, zuweilen auch strengen Rückbindung an Menschen und Tiere. Die Mongolei ist so durch ihn im All literarischer Menschenmärchen ein Nachbarplanet von *Saint-Exupérys* Kleinem Prinzen geworden.

Wir können den Aufbau dieses inneren Kosmos bei Mühlenweg nicht mehr rekonstruieren. Wie dieser körperlich wagemutige Europäer, dem keine Kletterpartie riskant genug war und der bei Kamelausbrüchen unerschrocken reagierte, wie dieser gesellige Einzelgänger seine innengeleiteten Muster unter den befremdlichen und beglückenden Erfahrungen in der Natur und Menschenwelt Ostasiens umbaute, läßt sich nur vermuten. Der 28jährige war mit einigen Vorurteilen in China angekom-

men, die den Deutschen seiner Generation nur zu geläufig waren; in seiner Kinderzeit hatte wilhelminische Kolonialpolitik das chinesische Kiautschou anektiert, im Wettlauf mit den anderen imperialistischen Großmächten, die ihr Erstweltgeburtsrecht den unterjochten Völkern der Restwelt als »Handelsverkehr« ausgaben. Der Kotau eines chinesischen Prinzen vor dem Kaiser der Deutschen als »Sühne« für den Boxeraufstand von 1900: die militärische Erpressung lernte der Heranwachsende in Konstanz als farbiges Klebebildchen im Sammelalbum kennen.
Jetzt, in den 20er Jahren, hätte eigentlich eine ähnlich beleidigende wirtschaftliche Kontrolle durch die Versailler Siegermächte die Chinesen und Deutschen einander näherbringen können; und tatsächlich ist diese politische Konstellation bei den Geheimverhandlungen zwischen der Luft Hansa und chinesischen Regierungsstellen 1926 förderlich gewesen. Aber davon ahnten die Europäer der Hedin-Mannschaft nichts. Sie registrierten nur, daß die Bürgerkriegsunruhen des zersplitterten Riesenreichs den Aufbruch der Expedition immer wieder verzögerten. Für die Männer, die im langweiligen Städtchen Paotow monatelang mit Gepäck und immer mehr Kamelen festsaßen, war die chinesische Innenpolitik und der offene Haß gegen die Ausländer unverständlich. Die sich bekämpfenden chinesischen Lager wurden nur nach der Grobeinteilung »fremdenfeindlich« – »expeditionsfreundlich« wahrgenommen.
Der Konstanzer Kaufmann Mühlenweg setzte noch im April 1927 ironische Anführungszeichen, als er nach Hause berichtete, daß die Chinesen mit Berufung auf ihre Identität als »Kulturvolk« die Teilnahme von 10 eigenen Landsleuten, fünf Professoren und fünf Studenten, bei dem europäischen Forschungsunternehmen durchgesetzt hatten. Und er notierte mit verhaltenem Sarkasmus, daß auch der Titel »Expedition« aus der offiziellen Benennung verschwinden mußte: Expeditionen unter fremder Flagge – so hatten die nationalbewußten Kreise in Peking argumentiert – könne es allenfalls in Afrika bei den

Buschnegern noch geben, »aber in einem derart hochstehenden Land wie China keinesfalls.«
Man muß da aber gerecht sein. Was konnte ein Deutscher der 20er Jahre von China wissen? Sinologie war traditionell in England und Frankreich zu Hause, dort wuchsen mit den Übersetzungen auch die Kenntnisse. Es gab deutsche Sinologen, aber die blieben in akademischen Klüngeln, und einige veröffentlichten ihre Arbeiten gar nicht erst auf deutsch, weil sie Interesse nur im Ausland vermuteten. Einem breiteren Publikum konnte die Problemlage Ostasiens durch Reiseberichte wie »Das Meer der Entscheidungen« von *Colin Ross* oder *Sven Hedins* »Von Peking nach Moskau« verständlicher werden (beide 1925 bei Brockhaus erschienen). Der harte Kern von Gelehrten und Interessierten wurde noch 1925, als das erste Heft der *»Chinesischen Blätter für Wissenschaft und Kunst«* im Otto Reichl Verlag erschien, auf die 500 Abnehmer der numerierten Auflage geschätzt.
Die Zeitschrift galt als Organ des neugegründeten China-Instituts in Frankfurt am Main, war aber vor allem das Sprachrohr einer einzelnen wissenschaftlichen Großmacht: *Richard Wilhelm,* ein auch in China hoch angesehener Kenner der alten Kultur und ein unvoreingenommener Beobachter der politischen Neuerungen, dem es um eine geistige Vermittlung zwischen Ost und West ging, hin zu einer neuen Weltkultur. Er hatte bereits Grundwerke der chinesischen Literatur übersetzt. Als Leiter des Frankfurter Instituts versuchte er dabei, ebenso entschlossen eine zopfig-universitäre Selbstgenügsamkeit zu überwinden wie gegen die Vergröberungen der Kultur-Chinoiserien anzugehen. Daß in *Klabunds* deutscher Adaptation des chinesischen »Kreidekreises« (1924), einem Erfolgsstück der deutschen China-Mode, jemand durch vergifteten Zucker (!) im Tee ermordet wurde, schien ihm nur wenig befremdlicher als die Tatsache, daß sein gelehrter Kollege Franke-Berlin zwar ein Spezialist in Sachen »Ackerbau und Seidenzucht in China« war, sich aber ungeniert als ein Verächter des Konfuzius zu erkennen

gab. Lesern der opulent gedruckten Zeitschrift traute Wilhelm auch politischen Klartext zu, der mit der bequemen Formel von den »Wirren in China« aufräumte und die gezielte Zerrüttung der »Hyperkolonie China« sowie die unmenschliche Ausbeutung chinesischer Arbeitssklaven durch die imperialistischen Mächte aus nationaler chinesischer Perspektive erläuterte.
Der Drogist Mühlenweg in Konstanz hatte nicht zu den Abonnenten der »Chinesischen Blätter« gehört. (Er hatte, wenn's schon um Periodika geht, eher die Nachrichten der Alpenverein-Sektion Konstanz/Singen gelesen. *Nein:* kein abwegiges Detail. Es war ein Sportskamerad von gemeinsamen Kletter- und Skitouren am Säntisgebiet, Job v. Dewall, der ihn letztlich nach China brachte. Dewalls Bruder Wolf, der als China-Experte in der Frankfurter Zeitung schrieb und auch zum erweiterten Vorstand des dortigen Instituts gezählt wurde, hatte seinem stellensuchenden Bruder eine Verbindung zur neu gegründeten Luft Hansa in Berlin hergestellt. Dorthin nahm Job v. Dewall seinen Freund aus Konstanzer Garnisonstagen mit, der gerade entschlossen seine sichere bürgerliche Existenz abbrechen wollte. So kamen beide nach Peking, um zu einer Expedition des Altmeisters unter den Asienforschern, Sven Hedin, zu stoßen. Mühlenweg ließ sich die Alpenvereins-Nachrichten 1927 tatsächlich in die Mongolei nachschicken. Eine Annäherung ans Chinesische mußte anders erfolgen.)
Von der Männerrunde der Expedition, in die ihn die Luft Hansa versetzt hatte, war aufgeschlossenes politisches Denken kaum zu erwarten. Unter den deutschen Teilnehmern waren rechtsradikale Freikorpsleute und Antisemiten, die in heimlicher Häme gegen den »Halbjuden« Hedin räsonierten; nicht wenige machten unter Hitler dann Karriere. Mühlenwegs ursprüngliche Offenheit, eine Mitgift des aufgeschlossenen kaufmännischen Bürgertums, aus dem er stammte, blieb einigermaßen resistent gegenüber dem kolonialen Männerdenken seiner Gefährten.
Für den liberaleren Süddeutschen brachte der eigene Augen-

schein in der Fremde freilich genügend Schwerverständliches: Das begann, wie bei den meisten Chinareisenden, noch in Peking bei den Rikschas mit ihren menschlichen »Zugtieren« und ging bis zu den Grausamkeiten des öffentlichen Strafvollzugs mit den allerorten präsenten Kadavern der Hingerichteten.
Als die Expedition dann die unwirtlichen Weiten der Wüste erreichte, hat er wohl als einziger begonnen, von den mongolischen Kamelführern Wörter zu lernen. Er schrieb sie nach dem Gehör auf, mit Bleistift. Die bewundernswerte Mehrsprachigkeit Sven Hedins war da ein Beispiel. Irgendwann konnte Mühlenweg sich erzählen lassen und kam so an mündliche Traditionen, die Kenner der Mongolei heute noch verwundern. Im Umgang mit den Mongolen blieb die Neugier eher eine Einbahnstraße des Europäers, die allenfalls auf Verwunderung und freundliches Bedauern stieß; in seinen späteren Romanen ist die kindlich wirkende kulturelle Egozentrik der mongolischen Nomaden mit jenem Humor geschildert, der seine Wärme aus *Winnie-the-Pooh* bezieht.
Mit den Chinesen begann der Kontakt aus anderer Richtung. Es war die Lernbegierde der chinesischen Intellektuellen, die der Langeweile des Expeditionsalltags entkommen wollten. Zwar waren veritable Archäologen mit dabei, aber die meisten Professoren und Studenten waren als politische Aufpasser mitgekommen: Zu lange hatten fremde Forscher skrupellos Kunstschätze außer Landes geschafft; die Besorgnis war auch bei der Hedin-Expedition nicht unbegründet ...
Der Leiter der chinesischen Kontrolleure, *Siu Ping Ch'ang*, war Professor für Geschichte der europäischen Philosophie. Er hatte sechs Jahre in Paris studiert, ein Verehrer der deutschen Philosophen, die er aber nur in französischer Übersetzung kennengelernt hatte. Professor Siu bat Hedin um einen Deutschlehrer, »und ich habe Mühlenweg diesen Auftrag gegeben, den er mit Vergnügen übernahm«. Mühlenwegs Mutter zu Hause in Konstanz erfuhr davon im Oktober 1927 aus den Expeditionsberich-

ten, die Hedin über eine Agentur in den deutschen Zeitungen streute, nicht aus Briefen ihres Sohnes. Der Sprachunterricht kann für ihn nicht so bedeutsam gewesen sein, auch blieb er in seinen Vorbehalten gegenüber der chinesischen Gruppe mit ihrer starken und undurchsichtigen Binnenkommunikation befangen. Selbst Chinesisch zu lernen erwog er damals nicht einmal.

Wenige Wochen später, als die Expedition in Schwierigkeiten war und Mongolen entlassen werden mußten, schrieb er nach Hause: »*Es tut mir dies besonders leid, teils deswegen weil ich nun mein ohne jede Hilfe mühsam erworbenes Mongolisch wieder verlernen werde, teils auch weil mir die Leutchen lieb geworden sind und in Ehrlichkeit und Treue haushoch über den Chinesen stehen, auf die doch kein Verlaß ist.*« In diesem flüchtigen Satz eines Briefs sind die Schatten erkennbar, die Mühlenweg aus den Erzählungen der Mongolen bezogen hat, Geschichten einer Verdrängung durch Chinesen, die als Gäste gekommen waren und unaufhaltsam das Land der Nomaden in Besitz nahmen; (Nomaden freilich, die ihrerseits blutige Spuren bis hin zur Beherrschung des chinesischen Kaiserthrons hinterlassen hatten ...). Unverkennbar bleibt diese Perspektive einer argwöhnischen Beurteilung der Großmacht durch ein »sterbendes Volk« bis in seine späteren Romane. Mühlenweg hat sich im einen getäuscht – die Mongolen gingen nicht unter – und lernte im anderen dazu.

Es war die Schönheit Pekings, die ihn während eines kurzen Aufenthalts im Dezember 1929 nachhaltig beeindruckte: Er sah die Zeugnisse einer alten Kultur nun deutlicher, ohne die Fokussierung seines Blicks auf Unzulänglichkeiten des Alltags, registrierte die Veränderungen der aus Europa mitgebrachten hastig-linearen Erwartungen an sich selbst. Durch die verwirrenden Nachrichten hindurch von Bürgerkriegskämpfen, wechselnden Machtverhältnissen und dem Taktieren der Kolonialmächte dämmerte ihm die komplexe Fähigkeit des Riesenreiches: zu überdauern. Den eigentlichen Sprung machte sein Verhältnis zum Chinesischen während der letzten Expedition vom Januar 1931 bis April 1932 in der Gobi. Einer der chinesischen Studenten, die von ihrem Professor zur Teilnahme an der meteorologischen Forschungsreise abgeordnet worden waren, sprach auch ein wenig Englisch. Mit diesem bescheidenen und fleißigen *Hsüe* entwickelte sich bald eine distanzierte Freundschaft, die über einen täglichen Deutschunterricht wuchs. Es braucht solche Zufälle in der Begegnung von Kulturen.

Drei Jahre später machte der chinesische Geologe dem entlaufenen deutschen Drogisten ein Geschenk, das zum eigentlichen Beginn einer weitergesteckten Beschäftigung mit chinesischer Kulturgeschichte wurde. Im April 1934 bekam Mühlenweg, der sich überraschend schnell verheiratet und mit seiner jungen Frau zusammen als »Kunstmaler« in Allensbach niedergelassen hatte, ein verspätetes Hochzeitsgeschenk: *The Book of Poetry. Chinese Text with Englisch Translations by James Legge,* fast 500 Seiten. Unter dem kleingedruckten chinesischen Text eine rhythmische und gereimte, zuweilen melodiöse englische Übersetzung, ohne textgeschichtliche Hinweise.
Ein feinsinniges Geschenk, die beste gemeinsame Sprachebene war Englisch geblieben, obwohl Hsües Deutschkenntnisse den chinesischen Versuchen Mühlenwegs deutlich überlegen waren. Der chinesische Freund bedankte sich so für manche Gabe, die ihm der verehrte Lehrer hatte zukommen lassen. (Eine Taschenuhr am mongolischen Edsingol, eine Märchensammlung aus Wien . . .; der Mann pflegte ungewöhnlich treu einmal eingegangene Verbindlichkeiten; daß Geschenke Lichter auf künftige Wege werfen können, gehört zu einer Lebenserfahrung, die er gern weitergab.) Der Chinese schickte von wechselnden Stationen seiner Laufbahn in den Jahren danach Briefe aus Tibet, Kalkutta, Edinburg, New York und Harvard und berichtet nach Allensbach schließlich in den 50er Jahren begeistert aus Nanking über die Fortschritte in seiner Heimat, als er in Maos China Professor für Geographie Amerikas geworden war. Begegnet sind sich die beiden Männer nicht mehr.

Irgendwann in den mittleren 30er Jahren, im Glück seiner ersten Ehejahre, hat Fritz Mühlenweg mit seinen Nachdichtungen angefangen. Daß einer vom Medium einer englischen Übertragung ausgeht, hat nichts Ehrenrühriges, wenigstens seit Goethe, und anders als der Weimarer konnte der Allensbacher wohl langsam chinesische Schriftzeichen entziffern. Irgendwann auch suchte dieser skrupulöse und selbstkritische Handwerker den vertieften Zugang zur Ursprache. Als er im Januar 1939 zur Überprüfung die ersten Verse an Hsüe schickte (ins graue Schottland, wo der inzwischen weit erfahrene Geograph auf britische Einladung hin weiterforschte), schrieb ihm dieser ahnungsvoll: »*The English translation must be non-ideal, I would rather read yours.*« Der Chinese bedauerte, daß er mit spezielleren Auskünften nicht behilflich sein konnte: Hsüe hatte in seinem Schulunterricht die klassische Sprachstufe nicht mehr gelernt. Auch er konnte die vielschichtige Bedeutung, die einzelne Schriftzeichen über bildliche und klangliche Elemente aus jahrhundertealten Assoziationen mit sich tragen, nicht mehr erschließen. Noch viel entfernter war der Mann am Bodensee von den komplizierten Vorschriften, die die 305 Texte mit einem zusätzlichen Netz von Bedeutungen überzogen: Regeln für den Reim und spezielle Tonhöhen, für thematische Verschränkung bestimmter Verse. Dem Übersetzer muß da immer etwas mißlingen: »Er bewahrt China und verliert die Poesie seiner eigenen Sprache, oder ihm glückt das Deutsche und geht China verloren«, formuliert das Dilemma der Sinologe *Joachim Schickel.*
Es gibt freilich Stufenleitern des Gelingens, dazu noch auf parallelen Treppen. Die eine betreten Übersetzer, die ohne Kenntnisse des Chinesischen nur von englischen oder französischen Übertragungen ausgehen: *Goethe, Brecht, Klabund* und Geringere. (Im Fall der ebenso weitverbreiteten wie problematischen Nachdichtungen von Hans Bethge verselbständigten sich die deutschen Texte so, daß sich chinesische Originale nicht mehr identifizieren lassen ...)
Die andere Stufenleiter wird von Sinologen gebildet, die mit

höherem Anspruch an Genauigkeit gegenüber der Ausgangssprache arbeiten, dafür öfter poetische Kurzatmigkeit in der Zielsprache erkennen lassen.
So kann es zu paradoxen Resultaten kommen, ganz jenseits einer polemischen Konfrontation von genialer Verfälschung bei Nachdichtern und wissenschaftlicher Zuverlässigkeit der Sinologen. Es gibt Nachdichtungen, wie die von *Brecht*, die von einer wortgetreuen englischen Übersetzung her den chinesischen Originalen gerechter wurden als direkte Übertragungen durch Sinologen, die der sozialen Grundbefindlichkeit der chinesischen Dichter zu unverständig gegenüberstanden oder über ein zu schmales ästhetisches Repertoire deutscher Lyrik verfügten. (Wer sich für Details auf neuem Kenntnisstand interessiert, hat seit 1994 ein Megawerk der Übersetzungswissenschaftlerin *Xue Siliang* zur Verfügung: Möglichkeiten und Grenzen der Übersetzung klassischer chinesischer Lyrik ins Deutsche, J. Groos Verlag. Mühlenweg kommt dort leider nicht vor . . .)
Die 30er und 40er Jahre, in denen Mühlenweg seine Nachdichtungen fertigte, sind – ablesbar an den Anthologien – keine fruchtbare Zeit, was die Beschäftigung mit chinesischer Literatur angeht; wen wundert's. Er hat sich, fern jeder wissenschaftlichen Bibliothek, auch von keiner Tradition beschwert ans Werk gemacht. Er kannte weder jenes »Schi-King, dem Deutschen angeeignet«, das *Friedrich Rückert* 1833 in Altona hatte erscheinen lassen, noch die trockenere, aber mit Anmerkungen versehene Übertragung, die *Victor von Strauß* 1880 vom »kanonischen Liederbuch der Chinesen« in Druck gab. Und die hundert Gedichte, die von *Albert Ehrenstein* (»dem Deutschen angeeignet nach Friedrich von Rückert«) 1922 in kleiner Auflage in Wien erschienen waren, hätte Mühlenwegs Buchhändler aus ganz anderen Gründen nicht mehr besorgen können: Ehrenstein gehörte zu den verfolgten Dichtern des Nazistaats und versuchte in den späten 30er Jahren von seinem ungesicherten Exil in der Schweiz aus mehr als eine nur geistige Annäherung an China: er wartete vergeblich auf ein Visum dorthin.

In einer Geschichte der deutschen Übertragungen klassischer chinesischer Lyrik könnte ihm ein eigentümlicher Platz sicher werden. Mühlenwegs Versuch könnte vom Unterschied zwischen den bedeutendsten Exponenten seiner Übersetzergeneration her genauer konturiert werden: *Bertolt Brecht* und *Günter Eich.* Er hat von beiden unabhängig gearbeitet.

Von *Brechts* chinesischen Gedichten hätte er nur über spezielle Drähte zur linken Emigration erfahren können: sechs Texte erschienen 1938 in der Moskauer Emigranten-Zeitschrift »Das Wort«. Der sozialkritische Dichter Brecht machte sich keine Mühe, an chinesische Originale zu gehen. Er hatte sich chinesische Stoffe, die seiner Denkart und kämpferischen Poesie entgegenkamen, aus einer wortgetreueren englischen Übertragung geholt als Mühlenweg, das war ein Vorteil. (Mühlenweg – der ja vor dem Erscheinen der maßgeblichen Textedition von *Bernhard Karlgren,* Stockholm 1950 am Werk war – ist z. T. problematischen Vorentscheidungen von Legges englischer Übersetzung gefolgt: Beim Gedicht *»Die Welt ist still«* könnte die Rollenverteilung auch als Wunschbild einer wartenden Frau gelesen werden, im Chinesischen bleibt die geschlechtliche Qualifikation unentschieden; die Perspektive des ungeduldig wartenden Mannes übernahm Mühlenweg um so unkritischer von Legge, als ihm die Situation schmerzlich vertraut war.)

Günter Eich andererseits, der seltene Fall eines Sinologen, der zum Dichter wurde, veröffentlichte seine umfangreichen chinesischen Übertragungen (17 Dichter in etwa hundert Texten), als »Tausendjähriger Bambus« bereits in der zweiten Auflage verkauft wurde.

Unverwechselbar bleibt Mühlenwegs Zugang auch durch seine biographische Motivation. Er arbeitete aus einer Faszination, die aus eigenen Erfahrungen im Land herrührte und die er durch nacharbeitende Lektüren in neuem Licht sah. So blieb er im Gegensatz zu manchen Kollegen gegen die Versuchungen eines romantisierenden China-Bildes gefeit. Er hatte die Grau-

samkeit gegen Mensch und Tier wie auch die Höflichkeit der Gebildeten kennengelernt, den verwahrlosten Prunk aufgegebener Paläste und den Dreck der Dorfgasthöfe. Noch wo er den geschmeidigen Mustern deutscher Lyriktradition gewiß näher bleibt als dem Volksliedhaften der chinesischen Originale, entgeht er jeder falschen Sentimentalität.
Der abwägenden Wortarbeit an einem Stil der kargen Präzision konnte dies nur nützlich sein: Wenn zehn Jahre später der Erzähler Mühlenweg mit seinen Romanen für eine Generation zum Leseerlebnis wurde und auch heutige Lektüre zu einer leichten Geläufigkeit von Kernsätzen führt, dann kommt das auch von der Wirkung eines singulären und streng erarbeiteten Sprachstils. Hier in seinen chinesischen Gedichten ist er zum erstenmal greifbar. *»Dein Weg sei leicht und gut«:* Mit diesem Wunsch, höflicher Spruch und Segen zugleich, den wir im letzten Gedicht der Sammlung *(»Herzog Wens Abschied«)* lesen, hat Mühlenweg dann in seinen Romanen den Abschied vor gefahrvollen Fahrten befördert.

Aber noch war das Buch nicht gedruckt. Der Weg von den englisch-chinesischen Texten über die Feinarbeit deutscher Nachdichtung kam in den materiellen Niederungen der Zeit erst mal ins Stocken.
Hans Dulks Besuch bei seinem Autor in Allensbach im Dezember 1944 war für viele Jahre das letzte Treffen: Das Reich taumelte in seine verheerenden letzten Kriegsmonate, und ab Mai 1945 lebten die beiden in verschiedenen Besatzungszonen, zwischen denen der Reiseverkehr fast unmöglich war.
Dulk bekam zwar in Hamburg von der britischen Behörde rasch eine Verlagslizenz, und als erstes Buch im Programm trägt die Erstausgabe des Gedichtbands eigentlich noch das Copyright 1945. Aber die Kriegszerstörungen hatten auch die Setzereien betroffen, Papier mußte aus England beschafft werden, Druck und Bindung bei Heinrich Bauer in Hamburg zu organisieren gelang dem findigen Unternehmer erst im Frühjahr.

Mühlenwegs Hoffnung zerschlug sich, das Buch während der Konstanzer »Kunstwochen 1946« in den Schaufenstern zu sehen.
Autoren leben ja, wie zeitübergreifend ihre Bücher auch sein wollen, zugleich in regionalen Szenen und ihrem gereizten Spiel, das Mühlenweg schon vertraut war. Dem Malerehepaar aus Allensbach war erst wenige Tage vor Beginn der »Kulturwochen« vom organisierenden Kunstreferenten, einem Konstanzer Apotheker, mitgeteilt worden, daß die Teilnahme an der Malerei-Ausstellung »unter Umständen« möglich sei. (Mühlenweg bedauerte in einem Brief an Hans Dulk, daß die Not keine »anständige Reaktion« auf solche Arroganz zuließ; die acht ausgestellten Bilder sind dann ein Erfolg geworden.) Die Genugtuung, in seiner Heimatstadt zugleich als Autor zu erscheinen, war aber dennoch der geringere Wunsch. Es ging darum, beim ersten internationalen Kulturmarkt seit Kriegsende präsent zu sein. Die von der französischen Besatzungsmacht initiierte *»quinzaine artistique«* in der unzerstörten Grenzstadt am Bodensee zog Interessierte aus allen Besatzungszonen an. Als Käufer von Büchern und Bildern kamen freilich am ehesten die mehr als sechstausend Schweizer in Betracht, die während der Kunstwochen über die Grenze strömten.
In Konzerten war russische und amerikanische Musik zu hören, nach 12 Jahren NS-Kunstdiktatur wurde auch zum erstenmal wieder die Malerei der französischen Moderne sichtbar. Im Theater kam es zur deutschen Uraufführung von Brechts »Mutter Courage« mit Lina Carstens in der Hauptrolle. Noch vor Brecht wurde aber das Stück eines kanadischen Jesuiten gezeigt, das den kulturellen Horizont der Einheimischen stärker berührte; von dem »primitiven religiösen Reißer« um Wunderglauben, Zweifel & Gehorsam meinte der Zuschauer *Erich Kästner:* »Um es gut zu finden, muß man wahrscheinlich katholisch sein.«
Erich Kästner war damals als Feuilletonleiter der »Neuen Zeitung« nach Konstanz gereist. Er traf alte Freunde, die nach

Jahren der Emigration zum erstenmal wieder deutschen Boden betraten, lebte auf Essensmarken von Eintopf und blickte in die Schaufenster der Buchhandlungen; er sah dort vor allem in der Schweiz erschienene Bücher. Ein reizvolles Gedankenspiel: der renommierte Lyriker, den *Walter Benjamin* in die Ecke einer »linken Melancholie« gedrängt hatte, wäre in der Buchhandlung Ackermann (grad vis-à-vis dem Mühlenwegschen Elternhaus in der Kanzleistraße) der lakonischen Trauer von *»Die Soldaten an der Nordwestgrenze murren«* begegnet . . . So aber fand er eine Gedichtsammlung mit dem Titel »Ewige Infanterie« und zitierte daraus sarkastisch den NS-Dichter Annacker: » . . . erst da wo Stiefel schreiten / wird deutsch für alle Zeiten/ das Land unwandelbar.«

In der letzten Maiwoche 1946 sah Mühlenweg endlich sein erstes Buch. Ein Pappband mit 56 Seiten, rote Titelschrift, stilisierter Bambus im Rahmen: Wie der Maler in ihm noch den Schritt zum Buchautor bevormundete, zeigt seine Idee für einen Umschlag ganz ohne Titelschrift, nur mit chinesischer Vignette *(»Man überlasse es lieber dem Leser, den Titel inwendig zu suchen«).* Mit dem schmalen Hochformat, dem »friedensmäßigen Papier« und der Trajanus Kursiv war er hoch zufrieden. Der Verleger nahm den größeren Rest der Reaktion seines Autors, der sich durch den Umschlag eher an ein Briefpäckchen der Jahrhundertwende erinnert, an drei Stellen den Rhythmus der Gedichte durch die Satzanordnung gestört sah und nicht recht verwinden konnte, daß zwei spät nachgereichte Texte unberücksichtigt waren, gelassen auf: Er konnte Ende des Monats Juni bereits melden, daß das Buch von Major Sington, einem der großen britischen Verleger, für *»das schönste bis jetzt in der britischen Zone seit der Besetzung gemachte Buch«* gehalten und als Beitrag zur Londoner Ausstellung »Der Friede« ausgewählt wurde.
Es dauerte noch bis tief in den August, bis der Buchhandel am südlichen Rand der französischen Zone beliefert werden konn-

te, via Bücherwagen von Lingenbrink; zu diesem Zeitpunkt mußte Dulk die Lieferungen bereits kontingentieren: die drei Konstanzer Buchhandlungen Scheffelt, Gess und Ackermann erhielten nur je 50 Exemplare zugeteilt. Zeiten für Lyrik.

Umschlagbild der Erstauflage (Hamburg, o. J. [1946])

Ende 1946 waren die 5000 Exemplare der Erstauflage (bei einem Ladenpreis von 5 Mark 80) so restlos verkauft, daß der Verlag beim Autor anfragen mußte, als die Deutsche Bücherei ein Belegexemplar für die Titelaufnahme in die Deutsche Nationalbibliographie reklamierte. Mühlenweg erfuhr nicht nur von *Bruno Snells* hymnischer Rezension in der »Zeit«. Dulk teilte ihm auch mit, was der seit den 20er Jahren weitbekannte Lyriker *Georg Britting* in einem Brief über die Gedichte des »Tausendjährigen Bambus« geschrieben hatte: »*Sie sind schlechthin ersten Ranges*«.

Für eine zweite Auflage hatte Dulk bereits im August 1946 Mühlenweg um Vorbereitung der gewünschten Korrekturen gebeten. Eine Verlegerbetriebsamkeit freilich, die sich rasch von anderem ablenken ließ. Tatsächlich vergingen zwei volle Jahre, bis »Bambus« wieder in den Handel kam. Der Korrespondenz zwischen Allensbach und Hamburg ist ein Knäuel von Verschleppungen und Beschleunigungen abzulesen, reale Schwierigkeiten bei Materialbeschaffung, hinhaltendes Taktieren eines rasant aufbauenden Verlegers und verhaltene Abwanderungsdrohungen des Autors.
Der Verleger beklagte, wie Satz und Druck für die Neuausgabe bei Stempel in Frankfurt sich verzögerten, weil er von Hamburg aus nicht so direkt Dampf machen konnte, schwärmte aber schon vom organisierten Papier; jammerte drei Monate später über Zollverzögerungen beim Papiertransport und mußte die Verschiebung auf Frühjahr 1948 ankündigen. Und er schrieb im Frühjahr so präzise über die notwendigen Textänderungen, als gebe er sie überhaupt jetzt erst in Auftrag.
Als ihm der Autor, immer noch unzufrieden mit der Gestalt seines Buches, von der bibliophilen Ausstattung einer schweizerischen Lernet-Holenia-Ausgabe vorschwärmt, wettert der Norddeutsche: »Die *haben* taubenblaue Einbände, die *haben* schönes Leinen für Einbände. Hätten wir das Material, was diese Kriegsgewinnler haben, dann könnten wir auch solche

Bücher machen, aber wir müssen uns mit dem jämmerlichen Material begnügen, das uns zur Verfügung steht« (Januar 1948). Mühlenweg war aber zu Recht über die Verzögerungen beunruhigt. Als er in jenen Wochen den ersten Verlagsalmanach (»Die Brigantine«) erhielt, konnte er die vielfältigen Umtriebe seines Verlegers schwarz auf weiß sehen. Im dritten Jahr nach der Gründung war Mühlenweg nur noch einer unter mehr als 40 Autorennamen, die von *Franz von Assisi* bis *Martin Beheim-Schwarzbach* eine gemischte Welt des Geistes und der Seefahrtgeschichte absteckten. Von Materialschwierigkeiten war nur bei den fast 20 Titeln zu merken, die Dulk schon vergriffen meldete, darunter auch der »Tausendjährige Bambus« und zwei Gedichtbände von *Friedrich Georg Jünger.* Tollkühne 80 Novitäten waren für das Jahr 1948 angekündigt, so konnte der losgelassene Kapitalismus verwirren ... Das rasch gepowerte Verlagsprogramm brachte Dulk aber einen entscheidenden Startvorteil bei der Währungsreform. (Gegenwarts-Literatur wurde in Hamburg auch gemacht, aber unterm Namen *Rowohlt:* Während Dulk die 2. Auflage der chinesischen Nachdichtungen verschob, erschien dort *Wolfgang Borcherts* »Draußen vor der Tür«.)

Am allerwenigsten freute man sich in Allensbach über den Editions-Plan einer 15teiligen Werkausgabe *Rudolf G. Bindings.* Man kann von diesem 1938 verstorbenen Binding her Aspirationen und Erfolgslinie des Verlegers Dulk im Buchhandel des Adenauerstaats verständlich machen. Dulks Branchenerfahrung zog da einen Schriftsteller ins Programm, der im wilhelminischen Deutschland schon Bestsellerautor gewesen war, dessen Erfolg während der Weimarer Zeit nur von *Thomas Mann* und *Remarque* übertroffen worden war und der in seinem letzten Lebensjahrzehnt im deutschen Dichterolymp saß. Er war, als die Nazis bereits Preußen in den Griff bekamen, in die dortige Akademie der Künste gewählt worden, auch auf Vorschlag Thomas Manns, der den Nationalkonservativen zur neueren Dichtung rechnete. Ein vornehmer Herrenreiter, der

1933 den Ausschluß der republikanischen Dichter sowenig bedauerte wie er danach das »Stürmer«-Pack ertrug: »Er hieß Binding und er ließ sich binden«, resümiert *Werner Mittenzwei.* Bindings »Reitvorschrift für eine Geliebte« gehörte neben Hölderlin zur Ablenkungsliteratur in den Schützengräben des Zweiten Weltkriegs: Für Hans Dulk und den Buchhandel der bundesdeutschen Restaurationszeit wurde sie dann eine Säule der Backlist.

Mühlenweg war nicht untätig, während sein erstes Buch auf die Neuauflage wartete: Im Herbst 1947 hat er sich (erfolglos) an einem Lyrik-Preisausschreiben der neugegründeten Zeitschrift »Die Erzählung« (Südverlag) beteiligt. So despektierlich sich Dulk über die Qualität dessen äußerte, was da in Konstanz für preiswürdig erachtet worden war (und er hatte recht), so nervös machte ihn doch der Gedanke, Mühlenweg könnte im Südverlag einen neuen Hafen finden. Lyrik betrachtete er als seine Domäne. Theater hingegen interessierte ihn nicht: Er gab Mühlenweg sogar die Adresse des Stuttgarter Möricke-Verlags, der dann Ende 1947 tatsächlich ein chinesisches Stück in den Vertrieb übernahm. *»Nun sind wir mit der Einschränkung eines Durchfalls gespannt, ob es eine Bühne annehmen wird, und wo, und wann ... Als Claque habe ich mir die ganze Familie Dix bestellt, sollte es in Hamburg sein, bitte ich Dich um Verstärkung.«* Dem Autor blieb ein Durchfall erspart, zu einer Aufführung ist es nie gekommen. Gut möglich aber, daß ihm die Hoffnung auf einen Theatererfolg einen Schub jener Kraft mitteilte, die er brauchte, um sein eigentliches Werk fertigzustellen: Er schrieb 1948 an einer langsam wachsenden Erzählung über eine geheime Mission durch die Wüste Gobi, die tatsächlich zunächst beim Südverlag und seinem kundigen Lektor *Ludwig Emanuel Reindl* zur Begutachtung kam ...

Die chinesischen Gedichte suchten sich inzwischen ihren eigenen Weg, noch während der Autor von seinem Verleger von Monat zu Monat aufschiebende Nachrichten bekam. Ein Organist am Collegium Musicum in Halberstadt, *Hans Hermann*

Kurig, hatte mehrere Gedichte aus dem Bambus vertont *(»Der Schüchterne«, »Im Häuserschatten«, »Hsia Nan«, »Die Welt ist still«)*. Die Mühlenwegs hörten sie im August 1947 in Konstanz. Es muß eine eigentümliche Erfahrung für den fast Fünfzigjährigen gewesen sein, die Musik transportierte ja nicht nur seine Übertragungen fremdartiger Lyrik, sondern sorgsam kaschierte Motive des eigenen Lebens. (Schon in der Auswahl mancher Texte hat er eine verschwiegene Nähe zur eigenen Autobiographie arrangiert; am deutlichsten kann das an den Überschriften werden, die seine Vorlagen nicht kennen und die zu manchen Texten eigenwillige Akzente setzen. »Der Schüchterne« zum Beispiel, den Kurig vertonte, war er noch in seinen drängenden Liebesversuchen immer auch selbst gewesen, und das Gedicht bewahrt bis in den Wortlaut das Echo eigener Liebesbriefe.)
Der Organist aus der Ostzone gab damals Konzerte in mehreren Bodenseestädten, es war noch die milde Phase des Kalten Krieges. Mühlenweg, der es genoß, daß fremde Besucher inzwischen eher den Dichter als den Maler sprechen wollten, verwandte sich bei seinem Hamburger Verleger vergeblich für Kurigs Plan, ein Notenheft mit Texten ins Programm zu nehmen. Den Beginn einer freundschaftlichen Verbindung mit dem vielseitigen und ideenreichen Musiker konnte Dulks Weigerung nicht verhindern. So erfuhr Mühlenweg auch, wie schroff sein Verleger dem Kantor untersagt hatte, eine Drucklegung der vertonten »Bambus«-Gedichte anderswo zu versuchen. »Wenn er ahnte, wie oft dieser Zyklus in den Konzertsälen dieser Gegend zum Vortrag gelangte . . .« Nein, Dulk ahnte nicht, daß Kurig allein im November 1947 drei Aufführungen vorhatte, die der Autor vom fernen Bodensee her guthieß.
Aber nicht nur die Liebeslieder fanden Beachtung. Wer das Kapitel »Mühlenweg im Rundfunk der Nachkriegszeit« schreiben wollte, fände bei anderen Texten Indizien für eine politische Passung in die restaurative Aufbauzeit der Westzonen. Das wird am frühesten durch eine Rundfunkrezitation bei Radio Stuttgart deutlich, wo am 1. Mai 1948 (unter dem ursprüng-

lichen Titel »Segen der Arbeit«) das Gedicht *»Der Acker am Berghang«* gelesen wurde, 15 Strophen einer Massenarbeits-Szenerie aus dem agrarischen China der Vorzeit, mit einer dankbar auf einen allmächtigen Kaiser und seine Aufseher ausgerichteten Arbeiterschar, die alle Mühsal durchsteht. Der ideologische Impact, in den das Gedicht damit geraten konnte, läßt sich – mit der gebotenen Mutwilligkeit – aus seiner Ferne zu einem brillanten Text bestimmen, der damals gerade hundert Jahre alt war und den die Programm-Macher in Stuttgart am Tag der Arbeit nicht verbreiteten: dem »Kommunistischen Manifest«.

Ab April 1948 (gerade war in »Hochland« eine rühmende Kritik abgedruckt) schien sich Dulk dann endgültig an die erweiterte Neuauflage zu machen. Die Gedichte *»Die Verlassene«, »Der arme Freier von Chi«, »Herzog Wens Abschied«* wurden in die ansonsten unveränderte Abfolge eingefügt. Im Mai hatte Mühlenweg bereits die Korrekturbögen. Die künstliche Hektik kam nach all den Verschiebungen ins gesegnete Stadium der Verleger-Telegramme. Dann aber ging nichts mehr. Der Tag X der Währungsreform brach herein, der jedem Deutschen die gleichen nagelneuen 50.- DM Kopfgeld bescherte – (so die offizielle Lehre demokratischer Gleichheit, die von den gehorteten Warenlagern der Kaufleute und der politisch versäumten Enteignung der Großgrundbesitzer kurz absah).
Anfang August mußte Mühlenweg besorgt nachfragen: »Seit uns die Währungsreform erfreut hat, habe ich nichts mehr von Dir gehört . . .« Die Bitte um einen Vorschuß überhörte der Verleger, stellte ein Honorar für einen gesicherten Herbsttermin in Aussicht; dafür gab er die neuen Eckdaten durch, wie nebenbei oder auch schamhaft in Klammer: (»Währungsreformbedingt nur 2000 Exemplare«). Währungsreformbedingt waren auch die Novitätenpläne im Dulkschen Programm mehr als halbiert worden. Mühlenweg fand seine Neuauflage in respektablem Umfeld, das von *Friedrich Georg Jüngers* »Orient und

Okzident« angeführt wurde und bei *William v. Simpsons* fast 1000seitigen Schmöker »Die Barrings« noch nicht endete.
Ende November 1948 kamen die 20 Freiexemplare, zur vollen ästhetischen Zufriedenheit, und dem Autor waren die 380 DM Honorar für das erste Tausend auch sehr willkommen.
Es waren wohl die wiederholten Erfahrungen voraustrompetender Begeisterung, stillschweigender Vertagung und kleiner Nachlässigkeiten seitens des hektisch gewordenen Freundes in Hamburg, die Mühlenweg zwei Jahre später mit seinem erzählerischen Erstling an eine andere Adresse brachten, zu Herder nach Freiburg, wo dem besorgten Familienvater Mühlenweg ein monatliches Fixum mit der Abgabe des Manuskripts garantiert wurde. Hans Dulk hat dann mit einer kurzen und geziemenden Verbitterung den Aufstieg seines Autors zum *shooting star* der Jugendbuch-Literatur erlebt. Das Echo des gemeinsamen Erstlings konnte er noch im Roman finden: *»Dann waren sie still. Über den Rasenplatz wehte der Nachtwind, die Gräser blinkten im Mondlicht, und Glück bat leise ›Sagt mir noch einmal das Gedicht vom Prinzen Tschao, damit ich es lerne und eine Erinnerung an euch habe‹«* (In geheimer Mission durch die Wüste Gobi)
Dennoch hielt Dulk mit einer gewissen Sentimentalität zum ersten Buch seines Verlags. Eine 3. Auflage kam 1956 auf den Markt, diesmal sogar ein Leinenband mit drei aufgeprägten chinesischen Schriftzeichen und – auf Wunsch des Autors – einem Schutzumschlag.
Ein Briefwechsel, der noch 1954 begann und vor allem die Illustrationen aus dem (erstmals 1818 veröffentlichten) chinesischen »Senfkorngarten« betraf, aber auch die Neuordnung der Texte, die Mühlenweg nach Einschuß der Abbildungen nötig erschien. Sein kulturhistorisches Interesse an einer Vermittlung chinesischer Kultur machte er durch die Illustrationen nur noch deutlicher. Es war in den zurückliegenden Jahren durch ein intensiv vorbereitetes, aber wieder aufgegebenes Buchprojekt einer erzählenden Geschichte der westlichen Reisen und Erforschungen Ostasiens, durch Sprachstudien und ausgedehnte

Lektüren weitergetrieben worden. – Zwar hatte er sich nicht mehr systematisch um die Fortführung einer Gedichtsammlung bemüht, aber es gab verstreute halbfertige Übertragungen, die er nun im neuen Auftrieb rasch angehen konnte. Drei bis dahin nicht veröffentlichte Gedichte schickte der Autor zu Weihnachten 1954 noch mit: *»Lob des fröhlichen Gastgebers«, »Die Schwalben fliegen der Heimat zu«, »Sieben Söhne«*. Vom aufwendigsten Gedicht schrieb er im Silvesterbrief: *»Nun sitze ich an einem langen Gedicht, das die Feierlichkeiten am Hof beschreibt, wie es anfänglich sehr würdig hergeht und zum Schluß übel endet. Ich scheute mich immer, an eine so lange Sache heranzugehen, aber da es einen Einblick in das Zeremoniell gibt, will ich versuchen, den Anfang, den Elisabeth gut findet, mit einem ebensolchen Schluß zu versehen.«* Die Malerin Elisabeth Mühlenweg hat auch ein Senfkorngarten-Motiv (»Dame im Mondfenster«) für den neuen Schutzumschlag gezeichnet.
Die Herzlichkeit, mit der die einstigen Freunde nach Jahren ihren Austausch über das Projekt ihres Anfangs wieder begannen, hielt nicht an. Mühlenweg machte die gleichen Erfahrungen wie schon bei der 2. Auflage: Es kam zu Funkstillen, die mal mit übergroßer Arbeitsbelastung, mal mit Krankheiten des Verlegers begründet wurden. Bizarrerweise war es ein Raubdruck, der Mühlenweg die Bekanntheit seiner Schi-King-Übertragung aufs neue zeigte: Der Ullstein-Verlag hatte ohne vertragliche Regelung mit Dulk im Frühjahr 1956 drei »Bambus«-Texte in seine Anthologie »Das goldene Vlies« übernommen. Erst als der inzwischen erfahrenere Autor im Mai 1956 in aller Freundschaft die Rückgabe der Verlagsrechte verlangte, kam das Projekt endgültig in Fluß und gleichzeitig auch in jene Hektik, die dann durch die höchstpersönliche Endkorrektur des Verlegers beim Gedicht *»Das Heer braucht Beharrlichkeit«* zum Verlust der ganzen letzten Strophe führte ... Alle Endeile konnte den Autor nicht hindern, ein letztes Gedicht per Eilboten am 24. Juli 1956 nachzureichen: *»Sie ist der Reichtum des Hauses«*.
(Ach ja, Elisabeth).

Im August 1956 waren 3000 Exemplare der dritten Auflage gedruckt und kamen zu 7,80 DM in den Handel. Noch die abschließenden Querelen sind bezeichnend dafür, wie weit sie sich von ihren gemeinsamen Anfängen entfernt hatten: Dulk hatte sich nicht an die Vereinbarung gehalten, daß die Besprechung von *Bruno Snell* als Klappentext gedruckt würde. Der neue Werbeton (»Leckerbissen für Kenner«, »von apartem Reiz«) nervte den Autor.

Mühlenweg hatte schon früher mehrfach sein Honorar anmahnen müssen, hatte von sich aus sogar die Bezahlung eines chinesischen Lektors für seine Umschlag-Schriftzeichen vorgestreckt, und traf diesmal auf deutlich genierte Ablehnung, als er darauf vertraute, daß der schlicht abgefaßte erste Verlagsvertrag auch in Hamburg noch gelte, nach dem eine Gesamthonorierung nach Druck vereinbart war. »Man kann einen im Jahre 1944 geschlossenen Verlagsvertrag heute aber beim besten Willen nicht mehr gelten lassen«, tönte es da in einem Brief vom 3. September 1956 aus demselben Haus, das Wochen zuvor in der Raubdruck-Affäre unnachsichtig auf seinen Verlagsrechten bestanden hatte. Und wenige Tage später erläuterte Hans Dulk selbst noch einmal, daß die Zeiten sich ja für die Verleger seit der Reichsmark kräftig geändert hatten, »in der man eine Auflage sofort nach Erscheinen verkaufen und das Geld kassieren konnte«.

Daß die Marktsituation für den Band tatsächlich gravierend anders war, machten dem Autor die fortan halbjährlichen Abrechnungen deutlich: Nach einem guten Start (über 1200 Exemplare in den ersten vier Monaten) wurden 1957 noch 243 Exemplare und im Jahr darauf nur noch 61 abgesetzt. Als Hans Dulk, schwer erkankt, seinen Verlag fast gleichzeitig zum 25jährigen Jubiläum 1960 an Rütten & Loening verkaufte (und folglich an Bertelsmann, R&L-Verlagsleiter Ludwig Leonhardt war zugleich der Chef des Bertelsmann-Leserings . . .), mußte das nicht nachteilig werden. Noch wenige Tage vor seinem Tod im September 1961 las Fritz Mühlenweg einen Brief des Verlagslei-

ters, der die Nebenrechte regelte und eine Aufnahme der Gedichte in eine Buchgemeinschaft in Aussicht stellte.
»The words of a dead man are modified in the guts of the living . . . «: Nur ein Jahr später teilte Rütten & Loening mit, daß 905 Restexemplare nur noch im modernen Antiquariat abzusetzen seien. Der Endprozeß für den Tausendjährigen Bambus wurde zu einem frühen Symptom für das Vergessen, in das Fritz Mühlenwegs Gesamtwerk für drei Jahrzehnte geriet. Es gab Ansätze für ein Zwischenleben: Im Sommer 1967 – die weltweiten Jugendproteste gegen den US-Krieg in Vietnam erreichten ihre ersten Höhepunkte – wurde das Gedicht »Am Ufer des Wei« in eine Anthologie des Wegner Verlags aufgenommen, deren sprechender Titel »Liebe ist besser als Krieg« dem Autor gewiß gefallen hätte. Die beharrlichen Versuche, insbesondere von *Regina Mühlenweg,* eine Wiederauflage zu erreichen, wurden von immer neuen Lektoraten mit hochkarätigem Bedauern abgelehnt: erstmals 1964 und dann wieder 1970 vom Insel-Verlag, 1965 von Manesse, 1973 von Arche . . .

Aber wir schreiben jetzt Sommer 1994. *»Still schwebten die Libellen / in heißer Mittagsluft von Düften satt.«*

Inhalt

Ein Autor wird neu gelesen

Die Bücher von Fritz Mühlenweg wurden seit Jahrzehnten von einem Kreis faszinierter Kenner schmerzlich vermißt. Seit 1992 erscheinen sie im Zeichen der Libelle wieder: ungekürzt und in angemessener Gestalt – es gibt ja nicht viele spannende und menschenfreundliche Autoren, die fürs Lesealter 10 bis 110 schreiben können. Neben dem Echo begeisterter Leserinnen und süchtiger Leser freut uns auch die neue Lesart in den Literatur-Redaktionen. Mühlenweg hatte sie längst verdient:

»Ein deutscher Vorläufer der Reisenden Chatwin und Theroux . . . Sein erzählerischer Gleichmut schafft ein Fluidum, das erinnert an die Romane von Melville und die frühen Stummfilme von Griffith, an Lévi-Strauss und Michel Serres.« *Fritz Göttler,* Süddeutsche Zeitung

»Ein Kultbuch ohne Kult. Das ist der erste ernstzunehmende Ersatz für die verschollenen ersten Ausgaben, wahrscheinlich ist er sogar besser als der Ur-Mühlenweg.« *Bernhard Heimrich,* FAZ

»**Ein Glücksfall von einem Erzähler** . . . Am wichtigsten, letzten Endes auch am tiefsten berührend ist jedoch die scheinbar mühelose Vermittlung des Fremden durch einen liebevollen, trockenen, witzigen, niemals deutsch-humorigen Erzähler.« *Gisbert Haefs,* Weltwoche

»Es ist ein Roman, der **alles enthält, was einen guten Roman lesenswert macht.«** *Christoph Pepper,* Mindener Tagblatt

»Grund zur Freude haben auch alle jenseits der ersten Jugend angelangten Leserinnen und Leser, die eine Entdeckung feiern können. Die ›Räubergeschichte‹, in die sich mit roten Ohren vergräbt, wer einmal zu lesen begonnen hat...« *Anne Overlack,* Stuttgarter Zeitung

»Es ist als ob Karl May Pu den Bären getroffen und von ihm endlich gelernt hätte, daß der Reiz der Ferne sich nicht in serieller Superman-Action vor exotischer Kulisse erschöpft. Sprache und Erzählweise formen hier ein Stück Literatur, das für Leser aller Altersstufen gleichermaßen zum Kultbuch werden kann.«
Heribert Seifert, Tagesspiegel

Jaja, er kann weiterhin neu gelesen werden . . .

(Sorry, natürlich nicht mehr in den Erstauflagen; die waren jeweils im Jahr des Erscheinens ausverkauft. Aber wir drucken ja weiter:)

Fritz Mühlenweg

In geheimer Mission durch die Wüste Gobi

Der Roman für die ersten zehn Lesealter

780 S., roter Leinenband samt Glückszeichen, mit einem
Nachwort von Ekkehard Faude

ISBN 3-909081-58-4

Fritz Mühlenweg

Fremde auf dem Pfad der Nachdenklichkeit

Der Kundschafter-Roman: Abenteuer aus der Wüsten-Expedition

304 S., gebunden, mit einem
Nachwort von Gisbert Haefs

ISBN 3-909081-53-3

Fritz Mühlenweg

Kleine mongolische Heimlichkeiten

Die schönsten Erzählungen

144 S., broschiert, mit einem
Titelbild von Rotraut Susanne Berner

ISBN 3-909081-50-9

Libelle • Verlag am Bodensee

Diese Neuausgabe im Zeichen der Libelle folgt
– via Lis-Scan –
den Schreibweisen, der Interpunktion und Anordnung
der erweiterten 3. Auflage (Dulk 1956),
freilich ohne die dortigen Abbildungen später chinesischer Drucke
und mit der kleinen Ausnahme,
daß wir das meistgerühmte Gedicht,
das Mühlenweg selbst von der 2. zur 3. Auflage schon vorrücken ließ,
an den Anfang stellen.
(Bislang begann's mit: »Groß ist das Haus der Tschu«.)
Die in der 3. Auflage versehentlich vergessene Strophe (s. o. S. 96)
ist dafür fortan wieder zugänglich.
Spezialisten der ohnehin umstrittenen Transkription chinesischer Namen
sollten sich (»vor rauhem Wort mein Herz behüte . . .«)
auch durch Schao / Tschao
am Genuß dieser Übertragungen
nicht stören lassen.
Die Schriftzeichen auf dem Umschlag
Ch'ien nien chu
entsprechen dem deutschen Titel
und wurden von chinesischer Hand für die 3. Auflage gemalt.

Nur die großzügig gewährte Einsichtnahme
in den schriftlichen Nachlaß von Fritz Mühlenweg
ermöglichte das (womöglich etwas ausführlich geratene . . .) Nachwort:
Dank an die Geschwister Mühlenweg
die diesen Pflaumenbaum mit den mancherlei Blüten & Schatten
der literarischen Träume von F. M. gepflegt haben
und speziell an Sabine Mühlenweg-Beck für geduldige Hilfeleistungen.
Von ETF (»ach, Elisabeth«) am drittletzten Sommersonntag
mit einer Umschlaggraphik versehen,
gedruckt bei Maus in Konstanz
und gebunden bei Walter in Heitersheim
im September 1994

94 95 96 97 98 99 6 5 4 3 2 1

ISBN 3-909081-67-3